dear+ novel
shiraenu koiwa kanashiki monozo

知らえぬ恋は愛しきものぞ

久我有加

新書館ディアプラス文庫

知らえぬ恋は愛しきものぞ

contents

illustration : 芥

知らえぬ恋は愛《かな》しきものぞ

連なる山々の裾《すそ》に広がる村は、季節の歩みが遅い。六月も半《なか》ばだというのに、肌にあたる空気はひんやりしている。日が落ち始めると山影が平地にまで迫《せま》り、更に冷たさが増す。

我知らず腕を摩《さす》っていると、由井《ゆい》先生！　と背後から元気な声をかけられた。勢いよく走ってきた少年数人が脇を駆け抜ける。かと思うと立ち止まり、くるりとこちらに向き直った。

「先生、さいなら！」

「由井先生、さいなら！」

口々に挨拶《あいさつ》をしてくる子らに、さようならと応じる。再び前を向いた少年たちは、わっと一斉に走り出した。わざわざ立ち止まるなんて律儀《りちぎ》なことだ。

僕が先生やからていうのもあるやろうけど、由井家の人間やからていうのも大きいやろう。

軽やかに跳ねる毬《まり》のような集団を見送った由井智草《ちぐさ》は、子らとは対照的にゆっくりと歩き出した。

大阪のはずれにある周辺の山や田畑は、江戸の頃から由井家のものだ。明治を二十四年数えた今もそれは変わらない。

大阪でも指折りの大工に依頼して村の小学校や役場の出張所を建てたのも、小作人の子でも優秀であれば金を出して進学させているのも、新しい農業技術や農作物を村の農家に広めているのも由井家なら、近隣の揉《も》め事を治めるのも、病人のために町から医者を呼んでくるのも、昔から由井家である。江戸の頃には帯刀《たいとう》も許されていた「庄屋様《しょうや》」なのだ。そんなわけで、村人たちは小さな子供から年寄りまで、ごく自然に由井家を敬《うやま》っている。

智草は一昨年《おととし》、由井家当主を継いだばかりの由井義之介《よしのすけ》の弟で、五番目の末弟《まってい》だ。生まれ育った本家の広大な屋敷ではなく、村のはずれにある由井家所有の小さな家に住み始めて約一年が経《た》つが、いまだに小学校の教員ではなく「由井様の坊《ぼん》さん」の扱いを受けている。

僕もそれにすっかり甘えてしもてる。

夢破れ、体を壊し、何もかもが嫌になって故郷の村に引っ込んだ。体はなんとか元に戻ったが、気力は全く戻っていない。二十二歳の若者には似つかわしくない、ただぼんやりとすごすだけの毎日を送っている。

山に寄り添うように建つ、小さな家が見えてきた。亡き祖父が隠居した後、祖父より先に亡くなった祖母と共に住むために十年ほど前に建てた家である。

表で下男の善助《ぜんすけ》と、恰幅《かっぷく》の良い四十がらみの男——由井家の山を管理している又二郎《またじろう》が何やら話し込んでいた。

いち早く智草に気付いた善助が、六十五という年のわりに皺《しわ》のない丸い顔を綻《ほころ》ばせ、おかえりやすと声をかけてくる。

「ただいま戻りました。何かありましたか？」

「これは智草様、おかえりやす」

深々と頭を下げた又二郎は、武骨《ぶこつ》な四角い顔をしかめた。

「ここ何日か、無断で山へ入っとる不届き者がおるらしいんで」

「密猟ですか？」

「いや、そういうわけでもないんだす。うろうろしとるだけで、何をしとるかようわかりまへんのや。とにかく山を歩きまわってるそうで、猟師連中から危のうてかなわんと苦情がきましてな。智草様、怪しい男を見かけまへんだしたか？」

「いえ、特には……」

「何か無《の》うなった物があるとか、お庭が荒らされたりはしとりまへんか？」

家の裏に簡素な板塀《いたべい》に囲まれた庭を造ったのは、園芸が好きだった祖父だ。庭といっても庭園ではなく、草花を育てるだけの狭い場所である。祖父が四年前に亡くなった後、善助が手入れをしてくれていた。

今は祖父から園芸の楽しさを教わった智草が、山からとってきた百合《ゆり》などを新たに植えて日々の慰《なぐさ》めにしている。今、ちょうど百合の蕾《つぼみ》がついたところだ。

「朝、様子を見たときはいつも通りでした。善助、庭に変わったことはあったか？」

いいえ、と善助は首を横に振る。

そうだすか、と又二郎は渋い顔のまま頷いた。

「江戸の頃はこないなことはなかった。ご一新《いっしん》いうてもほんま、ろくなことござりまへんな。もし妙なことがあったり怪しい奴を見かけたら、すぐわしに知らせとくれやす」

「わかりました。お役目ご苦労様です」

「とんでもござりまへん。もったいないお言葉で」

又二郎が恐縮して頭を下げたそのとき、びゅ、と冷たい風が吹きつけてきた。ほぼ同時に、厨《くりや》から日に焼けた肌の小柄な女――女中のみねがひょいと顔を出す。

「まあまあ坊《ぼん》さん！　そないなとこに立ってはったら風邪ひきまっせ！　善さんも又やんも、坊さんを引きとめたらあかんやないの！」

五十になってもよく通る溌剌《はつらつ》とした声で叱られた男二人は首を竦《すく》めた。又二郎は智草に会釈《しゃく》をしてそそくさと去り、善助は納屋《なや》の方へ駆けていく。

厳《いか》つい男たちの慌てぶりをあきれ顔で見送ったみねは、智草に視線を移した。

「さ、早《は》よう中へお入りになっとくれやす！　あったかい汁をご用意しましたよって」

「ありがとう、みね」

「私ごときにお礼なんか言わはらへんでよろしおす！　ささ！　お早よう！」

忙《せわ》しなく手招きしたみねに促《うなが》されて家に入ると、たちまち汁物と炊き立ての飯の香りが全身を包んだ。ほっと思わず息をつく。

「あ、坊《ぼん》さん、稲尾《いなお》さんからお手紙が届いてましたよ。そこに置いときましたさかい」

明るく言われて、智草は上がり框《かまち》に置かれた白い封筒に気が付いた。ドキ、と心臓が跳ねる。

伊太利亜《イタリア》から届いた、旧友からの手紙だ。嬉しいのは間違いない。

けれど苦しい。どうしようもなく。

智草は熱いものに触るように、恐る恐る封筒を手にとった。

当たり前だが火傷《やけど》はしなかった。それどころか、上がり框に置かれていた紙は冷たい。おまえはいったい何を恐れているのだと嘲笑《あざわら》われている気がして、我知らずため息が漏れた。

身の周りの世話をするために通ってきてくれるみねと善助、時折顔を見せて困ったことはないかと尋ねてくれる又二郎、本家の当主である長兄《ちょうけい》と長兄の妻子、長兄と共に屋敷で暮らしている両親、そして村人たちも皆、良くしてくれる。衣食住にも仕事にも困っていない。

僕は相当恵まれてる。

それなのに、心は虚《うつ》ろなままだ。

――元気でやつてゐるか。僕は元気だ。先日、ようやくヴエネツイアへ行つてきたよ。かねてより見たかつたサンマルク寺院に案内してもらつた。彫刻も油絵も素晴らしかつたが、寺院の中にある塔から見た美しき景色にも心打たれた。君にもぜひ見てもらひたい。

弾《はず》む心をそのまま映したような勢いのある文字を追った智草は、長いため息を落とした。いつのまにか呼吸を止めていたことに気付いて苦笑が漏れる。

結局、手紙の封を開けたのは二日が経った日曜の朝だ。一度読むと差出人の稲尾宗二郎《そうじろう》のことばかり考えてしまいそうで、なかなか読み始められなかった。

チチチ、と鳥が囀《さえず》る声を聞くとはなしに聞きながら、智草は再び息をつめて続きを読んだ。脳裏《のうり》に浮かぶのは稲尾の精悍《せいかん》な面立《おもだ》ちである。

東京の画塾で共に西洋画を学んだ稲尾は今、伊太利亜へ留学しており、月に一度か二度、こうして近況を知らせてくるのだ。

幼い頃、体が弱かった智草は野山を駆けまわる兄たちとは対照的に、家で絵を描いて遊ぶことが多かった。兄弟の中で唯一、色白で線が細い末息子を不憫《ふびん》に思った父が日本画や西洋画を学ばせてくれて、ますます絵画に没頭《ぼっとう》した。そして、日本画にはない重厚《じゅうこう》さと奥行きのある西洋画に魅せられた。絵で身を立てたいと思うようになったのは必然と言えるだろう。十八歳で大阪の高等中学校を卒業した後、西洋画を教えてくれた教師に推薦《すいせん》してもらい、東京にある有名な画塾へ入った。

西洋画を学ぶ画塾に集《つど》っていたのは、日本中からやってきた才能あふれる若者たちだった。己の凡庸《ぼんよう》さを嫌というほど思い知らされ、打ちのめされた。画家になるなど到底《とうてい》無理だ。慣れない東京で優《すぐ》れた塾生たちとすごすうち、智草は心身共に疲弊《ひへい》していった。

上京して二年がすぎた頃、塾を代表して伊太利亜へ留学する者を決めるため、選考会が行われた。智草はこれが最後の機会だと思い決め、全身全霊をかけて描いた。そして当然の如《ごと》く落選した。

選ばれた二名のうちの一人、稲尾とは入塾した時期と年が同じだったことから親しくしていた。稲尾は穏やかな性格で、一緒にいて心地好かった。一心に絵を描く真剣な横顔を、隣でこっそり見つめたものだ。

智草に気を遣ってか、稲尾は留学が決まっても喜びを表に出さなかった。そんな優しい男に、おめでとう、よかったな、僕に遠慮しないでもっと喜べよ、と智草は笑った。

しかし心の内は妬《ねた》みでいっぱいだった。稲尾には才能があり、対して自分にはないことは、既によくわかっていた。わかっていても羨《うらや》まずにはいられなかった。

──妬みだけなら、まだよかった。

妬みと共に熱を帯《お》びた痛みを覚えたことが、智草をよりいっそう惨《みじ》めにさせた。その痛みは間違いなく恋だった。

僕はこの先一生、画家としても、一人の男としても、日向《ひなた》を歩くことはない。

ぼんやりとだが、そう確信した。

伊太利亜から届く稲尾の手紙を読む度《たび》、まだ痛みに囚《とら》われる自分に、その思いはますます強くなる。虚しくて苦しくて、たまらなく惨めだ。

手紙を引き出しにしまった智草はおもむろに浴衣《ゆかた》を脱ぎ、洗いざらしの着物と猿股《さるまた》を身につけた。何も考えたくないときは庭仕事をするに限る。

今日はみねも善助も休みだ。人気《ひとけ》のない家の中を横切り、縁側《えんがわ》へと続く障子《しょうじ》を開けると、すぐに庭である。

見覚えのない大きな白い塊《かたまり》が地面に転がっていて、わ！　と思わず声をあげてしまった。

白い塊――白いシャツを身につけた男は、這いつくばった体勢のまま、肩越しにちらとだけ振り返る。そしてよく通る声で言った。

「この百合は素晴らしいですね！　これは山百合ですか？」

「は？　あの」

誰や、と智草が尋ねる前に、男は視線を前に向けた。男の目の前にあるのは、先端をうっすらと淡い色に染めた濃い緑色の百合の蕾だ。地面に這いつくばっていたのは、それを間近で眺めていたせいらしい。

「山百合にしては小さい気がするのですが、どちらで手に入れられたのでしょう。この辺りではよく見られる百合なのですか？　花はどんな色ですか。やはり白地に黄色い条《すじ》と赤い斑点ですか。それとも桃色ですか？　あなたが育てておられるのですか？　育てやすいですか。病に罹《かか》りやすくはないですか」

この辺りでは珍しい訛《なま》りのない言葉で矢継《やつ》ぎ早《ばや》に問う男を、智草はどうにか遮《さえぎ》った。

「勝手に入ってきて何をしとる。君はいったい誰や」

そういえば、又二郎が山をうろうろしている男がいると言っていた。もしかしてこの男がそ

良い。

の怪しい輩《やから》なのだろうか。

大いに警戒してにらみつけると、男はようやく立ち上がった。思ったより背が高く、体格が良い。

振り返った男に目が釘付《くぎづ》けになった。

直線的な眉、くっきりとした二重《ふたえ》の瞳、高く通った鼻筋、やや厚めの形が良い唇。それらが鋭い輪郭《りんかく》を描く顔に、すっきりと収まっていた。――稲尾によく似ている。

男もなぜか一瞬、驚いたように目を丸くした。が、すぐ日に焼けた肌によく映《は》える純白の歯を見せて笑う。

「申し遅れました、私は鮫島輝直《さめじまてるなお》と申します。勝手に入った無礼をお許しください。私、横浜にある植木会社、楠田植木《くすだうえき》に勤めております。日本にしかない珍しい花卉《かき》を探していたところ、こちらの百合に目がとまったのです。決して怪しい者ではありません。あ、そうだ。名刺を」

男は無造作に両手をズボンで叩《はた》いてから、脇に置いてあった上着のポケットを探った。そこから取り出した名刺を差し出してくる。

恐る恐る受け取ったそれには、確かに楠田植木と記《しる》されていた。住所は横浜だ。

「わざわざ横浜からこんな遠くまで……？」

「少しも遠くありません。同じ日本ですから」

あっさり言ってのけた鮫島は、再び百合に視線を向ける。

「あなたがこの百合を育てておられるのですか?」

「ええ、まあ……」

「それは素晴らしい！　ここに自生しているのですか?」

「違います」

「では、どこで手に入れられたのですか」

「この裏手の山で……」

「やはりこの辺りに自生しているのですか！　なるほど、興味深い」

真剣な横顔は、絵を描いていたときの稲尾に似ている。

智草は思わずまじまじと男——鮫島を見つめた。

鮫島は智草の無遠慮な視線を気にする様子もなく、尚も話しかけてくる。

「この百合がもともと生えていた場所に連れていっていただきたいのですが、案内を頼めますか」

「いや、それは……」

口ごもった智草に、ああ、そうか！　とポンと手を打つ。

「山の所有者の許可が必要ですね。裏の山はどなたの所有ですか?　国の山ではありませんよね」

「私の父が所有しています」

「それは好都合。ご尊父《そんぷ》はご在宅ですか？」

「父はここには住んでいません」

「ではどちらに？」

「本家の屋敷に。しかし今は出かけていて村にいません」

胸が騒いでいるのを感じつつも、努《つと》めて冷静に応じると、鮫島はふと我に返ったようにこちらに向き直った。

二重の双眸《そうぼう》から放たれる眼差しは強い。ドキ、とまた胸が鳴る。

「不躾《ぶしつけ》にいろいろお尋ねして失礼しました。あなたのお名前を教えていただけますか？」

言われて初めて、鮫島が百合のことばかり話していたと気付く。

そんなことにも気付かんと、あれこれ答えてしもた……。

どれほど稲尾に似ていようと、この男は稲尾ではない。

智草は小さく息を吐き、改めて鮫島に向き直った。

「由井智草と申します。小学校で教員をしています」

「学校の先生でしたか。どうぞよろしく」

鮫島はごく自然な動作で右手を差し出した。この男が勤めている会社は港町、横浜にある。きっと欧米諸国とも取引しているのだろう。東京でもまだ珍しい洋装であることを考えても、外国人の習慣が身についているらしい。

東京にいた頃に何度か経験しているので、握手自体はかまわない。

しかし、勝手に庭に入ってきたこの男と握手をしていいものか。

智草は両手を脇に垂らしたまま、しかし丁寧な言葉遣いを心掛けて口を開いた。

「山を管理している者から、近頃怪しい男がうろうろしていると聞いてます。断りなしに山に入ってるんはあなたですか?」

「いえ、私ではありません。もし入るなら許可をいただきに上がります。まあしかし、珍しい花卉に夢中になっているうちに、知らず知らず私有地に入ってしまっていることはあるかもしれませんが」

「この庭に勝手に入ってきたように、ですか?」

厭味《いやみ》で言ったつもりだったが、鮫島は弾けるように笑った。

夏の太陽を思わせる眩《まぶ》しい笑顔に、ドキ、とまたしても胸が鳴る。稲尾もこんな風に明るく笑う男だった。

「確かに今、私は勝手にあなたの庭に入ってしまっていますね! あなたが私を信用できなくても無理はない。申し訳ありませんでした。出直します」

「出直すって……」

「今度は玄関からお訪《たず》ねして、きちんと挨拶をします。まずはあなたに、私が信ずるに足る男だとわかってもらうことから始めなくては」

存外真面目な口調に、智草は眉をひそめた。

「私に信用されても仕方ないでしょう。山は父のものやし、この百合も私が直接取ってきたわけやのうて、山を管理してる者が取ってきてくれたんです」

「しかし百合を枯らすことなく、大切に育てているのはあなたです。植木の知識があるなんて素晴らしいことです」

「そんな大層《たいそう》なもんやありません。ただの暇つぶしです」

「暇つぶしでこれだけできるのなら、たいしたものだ」

きっぱりと言い切った鮫島は、整った白い歯を覗かせた。

「また来ます。では、失敬」

上着と中折れ帽子を手にとって颯爽《さっそう》と踵《きびす》を返した男の背中に、智草は慌てて声をかけた。

「もう来《こ》んでええですから!」

板塀の向こう側の広い背中は振り返らなかった。が、帽子が高く掲《かか》げられ、ひらりと軽やかに振られる。

いったい何なんや、あの男は……。

山に無断で入っているのは自分ではないと否定していたが、大いに怪しい。念のため、又二郎に話しておいた方が良いかもしれない。

稲尾はあんな風に一方的な話し方はしなかった。もっと思慮深い穏やかな男だった。仕種も欧米人のようではなかった。

　少しばかり容姿が似ているからといって油断してはいけない。


　その日の夜、智草は稲尾の夢を見た。手紙を読んだ日は必ずと言っていいほど見る。

智草は稲尾と並んで絵を描いていた。

真っ白なカンヴァスにどんなに筆を走らせても、なぜか色がつかない。線も引けない。ただただ白いままだ。

対して稲尾はどんどん絵を仕上げていく。しかもその絵は、誰が見ても素晴らしい出来だ。

僕は描けてすらいてへんのに。

焦《あせ》りがつのる。全身に汗が滲《にじ》む。息が苦しい。

それでも懸命に描いていると、由井、と呼ばれた。

振り向くと、稲尾は困ったように眉を寄せていた。

君には無理だ。

そんなことない、僕にかてできる。

できないよ、君には才能がないのだから。

稲尾は穏やかに告げる。

実際の稲尾も穏やかな男だったが、こんなことは一度も言わなかった。しかし心の中ではきっと思っていただろう。

由井、とまた呼ばれた。

すぐ傍《そば》に、真剣な表情を浮かべた精悍な面立ちがあった。

頬が火照《ほて》る。体が芯から熱くなる。

形の良いやや厚めの唇に引き寄せられるように顔を傾けたところで、稲尾はもちろん、カンヴァスも筆もイーゼルも、何もかもが消え失せた。

たった一人、何もない場所に取り残される。

——ああ、夢の中ですら、僕は稲尾に及ばない。触れられない。


鮫島が再び姿を現したのは三日後のことだ。

授業中、二日ぶりの晴天で開け放しておいた窓から賑《にぎ》やかな話し声が聞こえた。外を見てみると、鮫島が用務係の男と話していた。

鮫島は今日も洋装だった。庭で会ったときのようにあちこちが土で汚れているのを気にする様子もなく、身振り手振りを交えて何かを話している。用務係は明らかに余所者《よそもの》の鮫島相手に気安く応じていた。

なんで相手にするんや。不審者は追い払わんとあかんやろ。

視線を感じたのか、鮫島がふと顔を上げた。目が合う。

鮫島はパッと精悍な面立ちを輝かせた。こちらに向かって大きく手を振る。

たちまち心臓が跳ねて、慌てて窓から離れた。——鮫島はやはり稲尾に似ている。

「先生、描けました！」

「わしもできました！」

智草は元気よく手を上げた生徒の元へ歩み寄った。四年生の子らに隣席の生徒の顔を描かせていたのだ。

紙をはみ出さんばかりに描かれた顔に、智草は思わず微笑《ほほえ》んだ。

「ああ、伸び伸びしててええですね。一太郎《いちたろう》君の元気の良さがよう出てる」

「先生、わしは？　わしの絵はどないですか」

「いいですよ。実《みのる》君のしっかりした輪郭をよう捉《とら》えてる。相手をきちんと見て描けてる」

二人の生徒だけでなく、その生徒たちのモデルになった二人も得意げに小鼻を膨《ふく》らませたそのとき、カランカランカラン！　と外で鐘《かね》が鳴った。授業の終わりを知らせる鐘を鳴らすのは用務係の役目だ。

「皆さん、今日の授業はこれで終わりです。描けた絵は教卓に提出してください。寄り道せんとまっすぐ帰りましょう。おうちの方をよう手伝うように」

はい！　と威勢の良い返事をした生徒たちは、次々に絵を持ってきた。先生、さいなら！　と挨拶をして教室を飛び出していく。

今、村は田植えの時期である。農作業を手伝うため、今日はどの学年も午前中で授業が終わるのだ。

絵を傷つけないように丁寧にまとめていると、こんにちはと声をかけられた。いつのまにか鮫島が廊下に立っている。

智草は顔をしかめた。

「勝手に入って来られては困ります」

「用務係の方に許可をいただきました。それに、この辺りの草花を観察したいと、由井さん、ああ、あなたも由井さんでしたね。あなたの兄上の義之介さんにも話を通しておきました」

「兄が承諾したんですか」

「ええ、つい先ほど！　いろいろ書類をお見せして、それを証拠に信用していただきました。この学校も含めて自由に見てまわっていいそうです。虎《とら》の威《い》を借りた甲斐《かい》がありました」

教室に入ってきた鮫島は、悪戯《いたずら》っぽい笑みを浮かべた。

「虎の威？」

「日本草木会《そうもくかい》の名を出したのですよ。草木会、ご存じですか？」

「確か三年ほど前に設立した園芸の会でしたか。日本の園芸の発展のために、有志で協力していこうていう……」

二年前、大阪の大きな商家《しょうか》へ婿入《むこい》りした三番目の兄が、祖父と同じく園芸好きなのだ。時折手紙で園芸の情報を教えてくれる。

「さすがよくご存じだ！」

鮫島は嬉しそうに頷くと、欧米人のように勢いよく両手を広げた。

「草木会の会長は農商務省《のうしょうむしょう》の大臣を務められたこともある宇佐美子爵《うさみししゃく》で、今も農商務省に影響力を持っておられます。宇佐美子爵は自宅に温室を造るほどの園芸好きで、しかも我が楠田植木の出資者なのですよ。社長とも懇意《こんい》にしておられます。義之介さんも子爵をご存じだったようで、私が村に出入りするのを快《こころよ》く許してくださいました。町から通うのは大変だろうからと、お屋敷の離れを貸してくださるそうです」

なるほど、確かに虎の威だ。この村は農業と林業で成り立っている。兄も農商務省につながる人物を無下にはできなかったのだろう。

「それやったらこんなとこで油売っててんと、その辺りを見てまわったらええでしょう」

「見ましたよ。本家のお屋敷の庭も拝見しました。見事な盆栽《ぼんさい》がたくさんありましたね！　特に梅ともみじは素晴らしかった。あれを世話されているのはどなたですか」

「下男の貞吉《さだきち》です。元は亡き祖父が趣味で育ててましたが、父も兄も園芸にそれほど興味がないので、祖父が存命やった頃から本家で働いてる貞吉に世話を任せてるんです」

「なるほど。しかしあなたの庭にあったあの百合は、本家のお屋敷の庭にも村にもありませんでした」

「山へ行ったらええでしょう」

無愛想に応じると、鮫島はやはり欧米人のように首を竦めた。

「それが、山へ入る許可はとれなかったのです。ご尊父には入ってもいいが、山を管理している又二郎さんの許しを得てからにしろと言われました」

「又二郎さんの許しは出なかったんですか」

「残念ながら。不用意に山を荒らされたくないとかで許してもらえませんでした。ご尊父と又二郎さんには、虎の威は効かなかったようです」

眉を寄せた鮫島に、智草は素っ気なく言った。

「父と又二郎さんはご一新の前からこの村を守ってきた人です。お上《かみ》が何するものぞと思《おも》てるとこがあるかもしれません」

兄に当主の座を譲って隠居した父、義右衛門《よしえもん》は屋敷にじっとしていることはほとんどない。あちこちに出かけて行って、産業支援や新興事業への投資、教育機関への援助など、積極的に動いている。時折東京へも出かけているようだ。

なるほど、と鮫島は感心したように頷いた。

「肝に銘じておきます。ところで、庭の百合はもう咲きましたか？」

鮫島が身を乗り出してきた。やはり東京にいた頃に交流した欧米人と似ている。

智草は顎《あご》を引きつつ答えた。

「まだ咲いてません。蕾のままです」

「しかしもう二、三日すれば咲くでしょう。ああ、どんな花が咲くんだろう。ぜひとも見てみたい！」

漆黒の瞳を子供のように輝かせて言った鮫島は、智草の手許《てもと》にある生徒の絵に目をとめた。

精悍な面立ちに明るい笑みが上る。

「これは素晴らしいですね。楽しそうだ！」

「……楽しそう、ですか？」

「ええ。思うままに描かれていて型にはまっていない。あなたがそういう教え方をされているのでしょうね」

今度は興味深そうに絵を覗き込む鮫島に、智草は苦笑した。

「私はただ子らの好きに描かせてるだけで、指導はしてません」

「あれこれ口出ししないのも、また教育でしょう。自《みずか》ら考える力が養われ、発想が豊かになる。

幼い頃のそうした経験は貴重だ。あなたに教わった生徒たちは、きっとより良い人生を歩めます」

満更《まんざら》世辞でもなさそうな物言いだったが、智草は黙っていた。

本当は絵に関わる仕事はしたくなかった。しかし他にできることが何もないので、仕方なく図画の教員になった。指導に熱が入らないのもそのせいだ。生徒たちの親が、由井様の坊《ぼん》さんに教えていただくなんて勿体《もったい》ないとありがたがってくれるのが、逆に申し訳ない。

「あなたは絵を描かないのですか」

ふと思いついたように問われて、智草は我知らず息をつめた。まっすぐ見つめてくる強い眼差しから逃れるようにうつむく。稲尾によく似た顔でそんなことを聞かないでほしい。

僕に才能がないいんは、君がよう知ってるやろう。

ささくれた気持ちのまま吐き捨てたくなるのをどうにか堪《こら》え、智草は細い声を出した。

「……私は、描きません」

「なぜですか。東京の画塾で西洋画を学ばれていたと聞きました」

「絵を描くことが嫌になったんです。そやから画塾を辞めて、郷里《きょうり》へ戻ってきました」

この話を続けたくなくて、智草は鮫島を置いて教室を出た。鮫島はすかさず後を追ってくる。

廊下の窓も全て開いていた。わずかに湿り気を帯びた爽《さわ》やかな風が、鳥の囀りを運んでくる。

「これからどうされるのですか？」

先ほどのやりとりがなかったかのように明るい口調で問われて、どうもしません、と智草はぶっきらぼうに答えた。

「今日は午後の授業はないから帰ります」

「では、お宅にお邪魔してもよろしいですか？」

来るな、と言いたいところだが、兄の顔を潰すわけにはいかない。

「かまいませんけど、何のおもてなしもできませんよ」

「もてなしなどいりません。百合を見せていただければそれでいいのです。むしろ私にとっては、百合を見せていただくことが最上のもてなしだ」

横に並んだ鮫島が、にこにこと笑みを浮かべて見下ろしてくる。稲尾も長身だったが、この男は更に背が高いようだ。

「そんなに花が好きなんですか」

「ええ、好きです。洋薔薇《ようばら》やチューリップ、ヒヤシンスなどの西欧の花は艶《あで》やかで美しいですが、私は日本の花が好きです。控えめで健気《けなげ》で、繊細《せんさい》だ。しかし肝心の日本人が西欧式に耽溺《たんでき》するあまり、日本の草花の良さに気付いていないのが現状です。日本では見向きもされない花卉が、欧米で高く評価されることもしばしばあります」

見向きもされない、という言葉が胸に深く刺さった。刺さった場所から、たちまち惨めさがあふれ出す。

まさに僕のことだ。

「……花は、ええですね。評価されようがされまいが、花そのものには何の関係もない。ただ己自身を全うするだけや」

ほとんど独り言だったが、鮫島は真面目に応じた。

「それは確かにそうなのですが、欧化のためになりふりかまわないご時世でしょう。愚《ぐ》にもつかない物として雑に扱っていたら、いつのまにか根絶やしになっていた、なんてことになりはしないかと心配しています。どんな草花にも、その草花にしかない美しさがあります。いつどこでどんな風に輝けるかわからないのだから、大切に扱わなくては」

真剣な物言いに、智草は言葉につまった。

鮫島は先ほどから草花について話している。智草のことを言っているのではない。

それでも、どんな草花にもその草花にしかない美しさがあります、という言葉にほっとした。

そういう風に考える人もいるのだと思うだけで、胸がじわりと温かくなる。

今し方この男の言葉に傷ついたばかりだというのに、今度は心が解《ほぐ》れるなんて。

――妙な男だ。

否、妙な見方をしてるんは僕の方か。

鮫島が妙なのは確かだが、稲尾に似ているせいで勝手にあれこれ勘ぐってしまう。

「鮫島さん」

「はい」

「お茶くらいならお出しします」

幾分か柔らかい口調で、しかしあくまでも素っ気なく言うと、鮫島は破顔《はがん》した。

「ありがとうございます！」


庭に植わった百合の蕾は、今朝見たときよりも若干《じゃっかん》ふっくらとしていた。濃い緑色だったのが、黄緑色に変化している。

「開花が楽しみですね！　水はどの程度やっていますか」

「昨日も一昨日《おととい》も雨やったからやってません。本格的な梅雨に入ったら、やる必要はないでしょう」

「株の周囲に稲わらを敷いているのはなぜですか？」

「泥がはねて、花が病に罹るのを防ぐためです」

なるほど、と頷いた鮫島は、初めてこの庭に現れたときと同じく地面に這いつくばり、舐《な》めるように百合を観察している。ズボンが泥だらけになっているが、おかまいなしだ。

坊《ぼん》さん、と呼ばれて振り返ると、みねが縁側に盆を置いた。そこに載っているのは大きな握り飯が八つと、湯呑《ゆの》みが二つである。農作業の合間に作って持ってきてくれたのだ。

「お客さんの分も用意しましたさかい、どうぞ」

「ありがとう。忙しいのにわざわざ来てくれて悪かった」

「いえいえ、義之介様におもてなしするように言いつかりましたよって。それにしても変わったお人だすな」

みねは眉をひそめ、更に声も潜《ひそ》めた。

鮫島は這いつくばったまま移動して、今度は土を矯《た》めつ眇《すが》めつしている。服の汚れだけでなく、他人の目も全く気にしていない。やはり妙な男だ。

「草花の商売をされてるから、土が気になるんやろう」

「植木屋さんだすか」

「植木屋ていうより植木商やな。草花の売買をしておられるらしい」

へええ、とみねはあきれた声を出した。

「椿《つばき》やら牡丹《ぼたん》やらが商売になるんは何となしわしにもわかりますけど、山に咲いてるような花も商売になるんだっか」

「なるらしいよ」

へえぇ、とみねはまたあきれた声を出す。その声で初めてみねの存在を認識したらしく、鮫島は地面に膝をついたまま振り返った。

「やあ、お邪魔しています!」

「お越しやす。どうぞごゆっくり。——坊《ぼん》さん、何かあったらすぐわしか善さんに知らせとくなはれ」

鮫島に愛想笑いをした後、小さな声で言ったみねは目配せをして部屋を出て行った。兄にもてなせと言われても、みねにとって鮫島は「怪しい商売をしている不審者」らしい。

僕がぼんやりしてるから心配なんやろう。

申し訳なく思いつつ、鮫島に声をかける。

「お昼を用意してもらいましたから、いただきましょう」

「それはありがたい！　そういえば猛烈に腹が減っているようです」

他人事《ひとごと》のように言われて眉を寄せる。

「ようですて、ご自分のことでしょう」

「花に夢中になっていると、自分のこともよく忘れるのですよ」

鮫島が肩を竦めたそのとき、ぐううう、と腹から大きな音が聞こえてきた。

瞬《まばた》きをした智草は、思わず笑ってしまった。

「ほんまにお腹が減ってるんですね。そこに井戸がありますから、手を洗《あろ》てください」

「面目《めんぼく》ない。お言葉に甘えてお借りします」

珍しく照れたように言って、鮫島は庭の片隅にある井戸へ向かった。手慣れた様子で水を汲《く》みながら話しかけてくる。

「先ほどの女中さんもですが、あなたはこの村の方々に慕《した》われているのですね」

「慕われてるていうより、気にかけてもろてるんです。皆、あれこれ世話を焼いてくれて感謝してます」

「それもこれも、あなたの人柄でしょう。午前中に話を聞いた村の人たちも、智草様は穏やかで分《わ》け隔《へだ》てのない、良い方だと言っていました」

「それがほんまやったらありがたい話ですが、私が由井家の人間やからていうんも大きいと思います。それに、ここへ帰ってきたばかりの頃は体調が思わしくなくて寝たり起きたりしてたから、病人を労《いた》わる気持ちがまだ村の方たちに残ってるんかもしれません。二年前に受けた兵隊検査も丙《へい》種でしたし」

苦笑まじりに応じると、鮫島は手拭《てぬぐ》いで手を拭《ふ》き拭き戻ってきた。そして縁側に腰を下ろす。

ドキ、と心臓が鳴った。長い脚を持て余しているかのような仕種は稲尾に似ている。

「病だったのですね。それで画塾をお辞めに？」

心配そうな眼差しを向けられ、智草は口ごもった。

「いえ、そういうわけや……。どうぞ」

握り飯が載った皿を差し出すと、鮫島は嬉しそうに笑った。では遠慮なくいただきますと断って、早速《さっそく》かぶりつく。

「ああ、旨《うま》い。やはり日本人は米を食わないと力が出ません」

あっという間に一つ食べ終えた鮫島は、二つ目に手を伸ばした。そしてまだ一つ目の半分も食べていない智草を見遣る。

「今はもう体は大丈夫なのですか？」

「はい。寝付いたりすることはなくなりました。故郷に帰ってきたせいかもしれません」

「それはよかったですね！　私の七つ上の姉も体が弱くて、東京に住んでいた間はよく寝込んでいたのです。しかし郷里の薩摩《さつま》へ嫁《とつ》いでからは、すっかり元気になりました。生まれ育った土地は心身に力をくれるのですね」

「あなたは薩摩のご出身なんですか」

「父が薩摩藩士《はんし》だったのです。私が四つのときに、一家で東京へ移ったのですよ。ですから私にとっては東京が故郷のようなものですが、姉にとっての故郷は薩摩なのです」

薩長《さっちょう》を中心とした新政府が樹立《じゅりつ》したのは、二十四年前のことだ。それに伴《ともな》って薩摩や長州《ちょうしゅう》から大勢の士族《しぞく》が江戸に移り住み、政府で働くようになったらしい。

東京で西洋画を学んでいたとき、大なり小なり薩長出身者と江戸出身者の軋轢《あつれき》を目《ま》の当たりにした。大阪の生まれで、帯刀を許されていたとはいえ農民出身の智草は蚊帳《かや》の外だったが、東京は少し前まで江戸だったのだと実感する出来事だった。

「薩摩の方は、外国の方と頻繁《ひんぱん》に交流されるんですか？」

ようやく一つ目の握り飯を食べ終えて尋ねると、鮫島は早くも三つ目にとりかかりつつ、いえ、と応じた。

「特にそういうことはありません。もっとも、貿易や外交の仕事に携《たずさ》わっている場合は別ですが。なぜですか？」

「あなたの仕種が欧米の人に似てるからです」

ああ！　と膝を打った鮫島は、やはり大仰《おおぎょう》に首を竦めた。

「もともと身振り手振りが大きい方だったのですが、三年間、亜米利加《アメリカ》に留学したせいで更に大きくなったのです。言葉だけではなく体も動かした方が、意志が伝わりやすいですから」

「亜米利加に留学されてたんですか」

「ええ。とにかく広い世界が見たくて十九で日本を出ました。留学を終えた後、一年ほど欧羅巴《ヨーロッパ》を転々として、三年前に日本に戻ってきたのです」

欧羅巴、と智草はつぶやいた。今まさに欧羅巴に留学している、稲尾の精悍な面立ちが脳裏に浮かぶ。

稲尾が伊太利亜へ旅立つ日、他の塾生と一緒に港まで見送りに行った。稲尾は後ろの方にいた智草をちゃんと見つけてくれて、手紙を書くよ、元気でな、と言ってくれた。嬉しいのか、悲しいのか、苦しいのか、痛いのかわからなくて、ただ無言で頷いた。

同時に、誰にも見向きもされなかった己の西洋画と、画塾の教師の言葉が思い出された。

君の絵には、君という人間が全く表れていない。ただ巧《うま》いだけで到底芸術とは言えない。凡《ぼん》庸《よう》だ。いつまでも画家になる夢にしがみついていないで、早く郷里へ帰りたまえ。その方が君のためだ。

「……伊太利亜にも行かれましたか？」

「行きましたよ。確か三月《みつき》ほどいたかな。伊太利亜では掏摸《すり》に遭《あ》って、有り金を全部持っていかれました」

思いがけない話が飛び出してきて、えっ、と智草は声をあげた。

鮫島は不穏な内容とは反対に明るく笑う。

「亜米利加留学は官費《かんぴ》で行ったのですが、欧羅巴は自費で旅していましたから、さすがに青くなりました。旅券が無事だったことだけが救いでしたね」

「そ、それでどうしたんですか？」

いくら旅券が無事でも、異国の地で無一文になった状態を想像しただけでぞっとする。

「父が送金してくれるまで、現地で知り合った伊太利亜人の商人に助けてもらいました。東洋人が珍しかったせいでしょうが、泊めてもらった上に、あちこち観光にも連れて行ってもらったのです。地獄に仏とは、まさにあのことです。いつか必ず恩返しをするつもりです」

鮫島が金を盗まれた以外にはひどい目に遭っていなくて、思わずほっと息をつく。伊太利亜人の商人が鮫島を助けたのは、きっと東洋人だったからではない。鮫島自身に魅力があったからだ。

智草は気を取り直して尋ねた。

「ヴェネツィアで議場《ぎじょう》や裁判所をご覧になりましたか？　精巧な彫刻が刻まれた、それは立派な建物らしいんです。ローマ帝国の神殿やコロッセオも、日本では見られない荘厳《そうごん》な美しさやと聞いています」

稲尾はその素晴らしさを手紙で伝えてきていたが、生の声を聞くのは初めてだ。

期待と羨望《せんぼう》と嫉妬が複雑に入り交じった感情を持て余しながら見つめると、鮫島は首をひねった。

「世話になった商人のドメニコや、ドメニコの知人に案内してもらいましたが、よく覚えていません」

「えっ、覚えてへんのですか！」

智草は大きな声を出してしまった。

はい、と頷いた鮫島はばつが悪そうに首を竦める。

「伊太利亜が世界的な芸術の都だということは知っていますし、壮大な建物がいくつもあって感心したことは確かです。ただ、私はその方面には明るくなくて。申し訳ない。ドメニコの娘さんに連れていってもらった庭園のことは、よく覚えているのですが」

智草は呆気《あっけ》にとられて鮫島を見つめた。

――そうか。東京で育って留学までして、欧羅巴を一年も旅した人でも、芸術に興味のない人にとったらそんなもんなんや……。

東京にいた頃は、画塾の塾生や教師とばかり接していた。それ以外の人との交流はほとんどなかった。だから画塾が世界の全てだと思っていたし、事実、智草にとっては全てだった。

呆然とした心持ちで、智草はお茶を注《つ》いだ。四つ目を食べ始めた鮫島に湯呑みを差し出すと、ありがとうございますと嬉しげに礼を言われる。

旨そうに茶を飲んだ鮫島は、庭の百合に視線を移した。たちまち目が輝く。

「欧羅巴でもたくさんの百合を目にしました。あちらの代表的な百合にマドンナ・リリーという品種があるのですが、ご存じですか？」

英語の滑《なめ》らかな発音に、目の前の男は本当に外国で暮らしていたのだと実感しつつ、智草は頷いた。

「三番目の兄が送ってくれた本に載ってました。たくさんの花がつくとか」

「その通りです。マドンナ・リリーは欧羅巴では古くから栽培されてきた可憐《かれん》な百合ですが、たくさん花をつけるかわりに花そのものは小ぶりなのですよ。その点、日本の百合は花が大きいので欧羅巴では人気が高いのです。ただ、こちらとは気象条件が違いますし、土も水も違う。変化に弱い品種だと、彼《か》の地では育たない。悩ましいところです」

伊太利亜の荘厳な建築物をよく覚えていないと言った口が、饒舌《じょうぜつ》に百合を語る。この男の関心事は花卉のみに絞《しぼ》られているようだ。

あきれたような、不思議なような心地で精悍な横顔を見つめていると、鮫島はふと智草に視線を戻した。

「あなたは百合に似ていますね」

「は……？」

唐突な物言いに瞬きをする。

鮫島は屈託《くったく》のない笑みを浮かべた。

「初めてお会いしたとき、黄緑色の百合の蕾が思い浮かびました」

「……それは、私が未熟やていうことですか？」

智草は精悍な面立ちをにらんだ。確かに何もかも未熟だが、それをまだ二回しか会っていない男に指摘されたくない。

焦るかと思った鮫島は、いいえ、とやはり屈託なく首を横に振った。

「蕾には蕾にしかない美しさがあります。大勢の人に買ってもらって利益を上げるためには、花は目を惹くものでなくてはいけません。しかし私にとって草花は、芽吹いたときから命を全《まっと》うして土に帰るまで、どの瞬間も魅力的です。だからあなたの美しさも唯一無二です。あなたは美しい」

きっぱりと言い切った鮫島は、ニッコリ笑った。

智草はまじまじと鮫島を見つめた。

繊細に整った面立ちのせいで、男に色目を使われ、美しいと褒《ほ》められた経験がある。嬉しいとは思わなかった。むしろ肉欲を感じさせる下卑《げび》た視線は不快だった。称賛も熱も欲も、想いを寄せる人に向けられるのでなければ意味がない。

そう、稲尾には美しいと言われたことはなかった。稲尾は優しかったし親切だったが、熱い眼差しを向けられた覚えは一度もない。

稲尾によく似た鮫島に褒められた今、喜びもないかわりに不快感もなかった。

この人にとったら、草花を褒めてるんと同じや。

欲も想いもない。だからこちらも何とも思わない。

気が付けば、笑ってしまっていた。

「なぜ笑うのです。何もおかしいことは言っていませんが」

不思議そうに問われて、智草はすみませんと謝った。

「あなたは本当に、草花がお好きなんですね」

はい、と素直に頷くのがまたおかしくて、更に笑ってしまう。

するとと鮫島も楽しげに笑った。

それから毎日、鮫島《さめじま》は智草《ちぐさ》を訪ねてきた。学校に現れることもあれば、家を訪ねてくることもあった。シャツやズボンはいつも土で汚れていて、鮫島が地面に膝をつき、ときには這いつくばって植物を観察していることが伝わってきた。本家の女中が洗濯をしてくれているらしいが、あまりに汚れがひどいので、子供やあるまいし行儀良うしとくなはれと文句を言われているという。

稲尾《いなお》も絵を描き出すと汚れを気にしなかった。しかし人前に出るときはきちんと身なりを整えていた。

ちなみに長兄《ちょうけい》の義之介《よしのすけ》には、鮫島が訪ねてきたら相手をするよう頼まれた。親父殿もわしも花のことはようわからんさかい、おまえに任せる。故郷へ戻ってから兄には世話になり通しだったので、少しでも頼りにされたのは嬉しかった。

鮫島と共に百合《ゆり》の開花を観察し、主に草花について話した。椿《つばき》、朝顔、菊、蓮《はす》といった日本でも馴染み深い花の世話の仕方から、洋薔薇《ようばら》、チューリップ、カーネーションといった海外の草花の栽培方法まで、鮫島は実によく知っていて、智草は感心した。しかも知識をひけらかしたり、自慢したりする様子は毛頭《もうとう》なく、とにかく植物のことを話すのが楽しくて仕方がないらしかった。

また、智草に信用してもらおうと思ったのか、鮫島は己自身についても語った。

智草より四つ上の二十六歳。二年前から楠田植木《くすだうえき》に勤めている。四人兄弟の三番目で、姉と兄と妹がいる。父は大蔵省で、兄は外務省で働いている。鮫島家はそれほど身分が高いわけではなかったようだが、幕末に鮫島の父の能力の高さが認められて重用《ちょうよう》されたらしい。

東京出身で実業家の子息である稲尾とは、何もかもが違っていた。

「やあ！　とうとう咲きましたね！」

庭に入るなり、鮫島は目を輝かせた。

いくつか植えた百合のほとんどが開いている。柔らかな白い花弁《かべん》の中央には、淡い桃色が滲《にじ》んでいた。上品な甘い香りがほんのりと庭に漂い出ている。

「黄色ではなくて桃色ですか！　この仄《ほの》かな桃色は他では見たことがありません！　美しいだけではなくて愛らしさがありますね！　香りも強すぎなくて品が良い！」

百合の前に膝をついて花を覗き込み、矢継《やつ》ぎ早《ばや》に言葉を発する鮫島を、三人の教え子らが珍獣を発見したような目で見つめる。田植えがひと段落したので、遊びにやって来たのだ。

「先生、鮫島さんどないしはったんだすか」

鮫島は子供らにも「街から来たお客さん」として認識されている。

「外国を相手に花の売買をされてるから、珍しい花に興味を持っておられるんや」

「花が異人さんに売れるんだすか」

「外国の人にとって、日本にしかない花は珍しいんや。君らも外国にしかない花があったら見てみたいやろ？」

はい！　と三人はそろって頷く。

やりとりを聞いていたらしい鮫島は、膝をついたままくるりと振り返った。

「外国の花に興味があるのなら、今度図譜《ずふ》を持ってきてあげよう！」

「ずふて何ですか？」

物怖《ものお》じせずに尋ねたのは又二郎《またじろう》の息子、満夫《みつお》である。運動もよくできるが、絵を描くのも得意な少年だ。

「草花の絵が載った本だよ。それをお客さんに見せて、ほしい花を選んでもらうんだ」

「目録《もくろく》みたいなもんだすか？」

「そうだね。チューリップ、ヒヤシンス、フリージア、アネモネ。日本にはない美しい花がたくさん載っている」

目を輝かせたのは、木こりの娘のマツである。マツは花に限らず美しい物が好きなのだ。母親が弟を産んでから病がちで、沈むことが多くなったマツを満夫が気にかけ、一緒に由井先生の家へ行こうと誘ったらしい。

そのマツの隣で、満夫の妹のサチも目を輝かせている。

「智草さん」

鮫島が呼んだ。父や兄も「由井《ゆい》」なので、智草さんと呼ばれている。稲尾には「由井」と呼ばれていたから、違う呼び方をされて正直ほっとした。

「校長先生には私から話をしますから、今度生徒さんたちに図譜を見せてあげてもいいですか?」

「校長先生が許可されたら、私はかまいませんよ」

「よし! じゃあ近いうちに持っていくよ」

子供らに向かってニッコリ笑った鮫島に、おおきに! と満夫たちは嬉しそうに礼を言った。

鮫島に駆け寄り、一緒に百合を見つめる。

「君たちはこの百合が生えているところを見たことがあるかい?」

「いえ、見たことないだす」

「これは山にしか咲いてへんて、お父ちゃんが言うてました」

「やはりそうか! 村の中では見かけないものなあ」

わいわいと話す四人の後ろ姿を見て、智草はこっそり笑った。

鮫島さん、小学生の子らと同じや。

「由井先生、この百合を描いてみてもええだすか?」

振り返った満夫に問われ、ええよと応じる。

「紙と鉛筆を用意しよう」

押し入れから絵画の道具が入った行李《こうり》を出す。三人の子らは鮫島から離れ、縁側《えんがわ》に寄ってきた。紙と鉛筆を渡すと、ありがとうございますと丁寧に受け取る。

早速百合を描き始めた子らの後から、鮫島も歩み寄ってきた。

「智草さんは描かないのですか」

「描きません」

素っ気なく答えると、サチが顔を上げた。くりっとした大きな瞳がまっすぐ見つめてくる。

「由井せんせも、いっしょに描いてほしいです」

「え、いや……」

智草は言葉につまった。来年小学校へ上がる幼いサチに、強く言うわけにもいかない。

「難しく考えないで描いてみたらどうですか？　今のこの百合の美しさは、今しか描けませんから」

屈託《くったく》なく言った鮫島を、思わず見上げる。

鮫島はニッコリ笑った。

サチだけではなく満夫とマツもこちらを見上げている。期待に満ちた目だ。郷里《きょうり》に戻ってきてからは特に、人前で絵を描いたことがないので、純粋に見てみたいのだろう。

絵を見るのは、この子らと鮫島だけだ。誰かに評価されるわけではない。――誰も貶《けな》さない。

否定しない。

「……では、少しだけ」

智草は紙と鉛筆をそっと手にとった。手慰みの落書きではなく、まともに絵を描くのは、ほぼ一年ぶりだ。

庭に咲く白い百合を見つめる。開いたばかりのそれは、瑞々《みずみず》しい美と静謐《せいひつ》を湛《たた》えていた。

鮫島の言う通り、この百合は今この瞬間にしか存在しない。

最初は躊躇《ためら》ったが、一本線を引くと手は自然と動いた。ただ無心に目の前にある百合を写しとる。

「わあ、凄《すご》い！」

「美《うつ》やかやあ……」

「紙の中に百合が咲いてるみたいや！」

すぐ傍《そば》で声がして我に返る。いつのまにか、鮫島を含む四人が集まって手許《てもと》を覗き込んでいた。きれい！　きれい！　とマツとサチが手を打つ。

「鮫島さんが言うてはった図譜て、先生のこの絵ぇみたいなんだすか？」

満夫の問いに、そうだよ、と鮫島は大きく頷いた。漆黒の瞳が眩《まぶ》しいほど輝いている。

「図譜に載っているのは、こういう絵に色をつけたものだ。しかし私の会社で扱っている図譜の絵は、これほど精巧でもなければ美しくもない。さっき君が言ったように、紙の中に花が咲いているようだね。素晴らしい！」

「大袈裟《おおげさ》です。西洋画の基礎を学んだ者やったら、これくらい誰でも描けます」

――君の絵には、君という人間が全く表れていない。ただ巧《うま》いだけで、到底芸術とは言えない。凡庸《ぼんよう》だ。

画塾の教師に言われた言葉がまざまざと耳に甦《よみがえ》ってきて、胸が強く痛んだ。

咄嗟《とっさ》に絵を裏返す。更に背後にまわそうとしたところを、鮫島に奪われてしまった。

「智草さん、この絵に色を塗ってくださいませんか?」

「塗りません。返してください」

慌てて絵を取り返そうとするが、鮫島の動きは素早い。スッと絵を遠ざけられてしまう。

「なぜですか。ぜひ見てみたい。君たちも、この百合に色がついているところを見てみたいだろう?」

はい！　と満夫たち三人はそろって返事をする。

「先生、色を塗っとくなはれ」

「色がついた絵を見たいです！」

「お母ちゃんに見せてあげたい！」

口々に言われて、智草は言葉につまった。三人に悪気はない。特にマツには、病がちな母に美しいものを見せて元気づけたいという優しい気持ちがあるのだろう。

そうとわかっていても歪《ゆが》みそうになる顔に、智草は必死で笑みを貼りつけた。

「私のことはええから、自分の絵を描きなさい。皆、まだほとんど描けてへんやろ。さあ、続きを描いて。ああ、満夫君の絵はええな。伸び伸びとしてよう描けてる。咲いたばっかりの百合の強さが伝わってくる絵や」

満夫の絵を見下ろして言うと、満夫は頬を赤くして勢いよく続きを描き始めた。サチも兄に倣《なら》い、紙いっぱいに百合を描く。その横でマツがこちらを見上げてきた。

「先生、わしは？　わしの絵は？」

「マッちゃんの絵もええよ。マッちゃんの優しい気持ちが伝わって、優しい百合になってる。私の絵よりマッちゃんの絵をお母さんに見せてあげたら、きっと喜ぶで」

微笑んで頷いてみせると、マツも嬉しげに笑って鉛筆を握った。

三人が各々《おのおの》熱中し始めたのを見てほっと息をついた智草は、絵を持ったままの鮫島をにらんだ。

「返してください」

「この百合に色をつけると約束してくだされば返します」

しれっと言った鮫島は、悪戯《いたずら》な子供のように絵を背中に隠す。

智草は鮫島の傍に膝を進め、声を潜《ひそ》めて言った。

「色はつけません。前に絵を描くのが嫌になったて言うたでしょう」

「しかしあなたのこの絵は、実に素晴らしい。このましまってしまうのはもったいない。ぜひ色を塗ってください」

「私の絵は少しも素晴らしくない。何の価値もありません」

「価値はあります。見たままを描いた正確さもさることながら、香りまで漂ってくるような絵を、私は見たことがない」

鮫島は一向に引かない。それどころか、まるでかき口説《くど》くような物言いをする。

稲尾とよく似た面差しで、よりによって絵を熱心に褒《ほ》めるなんて。

稲尾に絵を称賛されたことは一度もなかった。

僕に才能がないて、稲尾はわかってた。友人やから、はっきり言わんかっただけや。

「勝手なこと言わんといてください。あなたに何がわかるんや」

我知らず声が震えた。ひどく腹が立っているのに惨《みじ》めなような、悔しいような、悲しいような、複雑な感情が込み上げてくる。少しでも油断したら涙が出てしまいそうだ。

すると鮫島はゆっくり瞬《まばた》きをした。そしてようやく百合の絵を差し出してくる。

受け取った手はやはり震えていた。醜《みにく》く歪んだ顔を見られたくなくて、深くうつむく。

すみません、と鮫島はしょんぼり謝った。

「私は幼い頃から何かに夢中になると、それしか見えなくなって周りに迷惑をかけてしまうのです。大人になっても、その癖がなかなか治らない。申し訳ありません」

叱られた子供のような物言いに、やはり腹が立つ一方で、急速に居心地が悪くなった。

僕も大人げなかった……。

鮫島は稲尾ではない。そう、教師たちの誰もがその才能を認めた男ではない。

色くらい、少し塗ってみせてもよかった。

「ただ、あなたの描いた百合が素晴らしいと思ったのは本当です。本物の百合を見たのと同じ気持ちになれる絵だ。そんな絵は滅多《めった》にありません」

鮫島の言葉はまっすぐで、世辞を言っているようには聞こえなかった。

それでも素直に嬉しいとは思えなくて、智草は絵の端を握りしめたまま黙っていた。


翌日、智草は学校の帰りに本家の屋敷へ行くことにした。本家の離れで寝泊まりしている鮫島に会うためだ。

鮫島は絵を描き終えた子らと共に帰っていった。最後まで何か言いたげだったが、気付かないふりをしてしまった。

しつこくした鮫島が悪いとは思うが、意固地になった自分も悪かった。鮫島は智草が絵をあきらめた経緯《けいい》を知らないのだ。悪気があって色をつけてくれと言ったわけではない。むしろ智草の絵を本当に気に入ったのだろう。それなのに、礼も言わずに拒絶してしまった。詫《わ》びなくてはいけない。

幸い朝から弱い雨が降り続いていた。ここ数日に比べ、少し肌寒い。さすがの鮫島も、この天気でずっと外をほっつき歩くわけにはいかないはずだ。

「まあまあ坊《ぼん》さん、おかえりやす！　さ、どうぞこれで拭《ふ》いとくなはれ」

古参《こさん》の女中が差し出した手拭《てぬぐ》いをありがとうと受け取る。

「離れに泊まっておられる鮫島さんにお会いしたいんやけど」

「今、お客さんが二人おいでだす」

「お客さん？　どういう人か聞いてる？」

「鮫島さんがお勤めの横浜の会社の方やそうで。旦那《だん》さんにもご挨拶《あいさつ》されました。お二人とも立派な男衆《おとこし》だす」

そうか、と応じた智草はがっかりする一方で少しほっとした。謝らなくてはいけないと思って来たものの、気が重かったのだ。

客がいるのなら帰るしかない。また明日来よう。

そう思って踵《きびす》を返しかけたそのとき、雨音の合間を縫《ぬ》って足音が聞こえてきた。どやどやと広い玄関口に入ってきたのは、鮫島と洋装の男二人だ。

「あれ、智草さん！　こんにちは！」

智草を認めた鮫島が嬉しそうに挨拶をしてくる。ドキ、と心臓が鳴るのを感じつつ、智草は頭を下げた。鮫島が連れてきた二人の男にも会釈《えしゃく》をすると、男らも頭を下げる。

鮫島は女中にすみませんと声をかけた。

「二人が帰るので、街まで馬車をまわしてもらえますか?」

「へえ、かしこまりました。今用意しますよって、待っといとくなはれ」

急いで奥へ引っ込む女中を見送った鮫島は、改めて智草に向き直った。

「楠田植木の岩佐《いわさ》と多和田《たわだ》です。商用で大阪に来たので、ついでに私の様子を見に来たのです」

五十がらみの恰幅《かっぷく》の良い男が、はじめまして、岩佐ですと名乗る。

もう一人、三十歳くらいに見えるひょろりとした男も、多和田ですと名乗って会釈をした。

この男は心なしか機嫌が悪いようだ。

そのことに気付いているのかいないのか、鮫島はにこやかに智草を紹介した。

「こちらは由井《ゆい》家のご子息で、ご当主の義之介さんの弟さんです。小学校で絵を教えておられます」

「ああ、この方が! 鮫島がお世話になっております。落ち着きのない男で申し訳ありません」

岩佐は軽やかに言って頭を下げた。

いえ、と智草は慌てて首を横に振る。

「私はこの家を出て暮らしていますので、何も……」

「しかしあなたの家によくお邪魔していると聞きました。鮫島は落ち着きはないですが、優秀な男です。地方にある公《おおやけ》に知られていない花卉や、それを育てる技を探し出すことに長《た》けています。この一年で楠田植木の主力となる花卉をいくつも見つけてきました。英語の他にもいくつか外国語を話せますし、外国の会社とのやりとりにも大いに役に立ちます。信頼できる男ですから安心してください」

岩佐さん、と鮫島が苦笑まじりに呼ぶ。

「褒めすぎです。伊太利亜語《イタリア》は多少ましですが、他は簡単な日常会話程度しか話せません」

「伊太利亜語は女性に習ったのだったか。きっと美しい人だったんだろうな。佳人《かじん》に習ったから話せるようになったのだろう」

からかう物言いに、鮫島は首を竦《すく》めた。

「単純に伊太利亜には他国に比べて長く滞在しただけですよ。他の国でもいろいろな人に世話になりましたしね。まあ確かにアメリアは美しい人でしたが」

「外国語が話せても、利益を上げられなくては意味がないでしょう」

素っ気なく言ったのは多和田だ。

困ったような笑みを浮かべた岩佐は、諭《さと》す口調で言った。

「利益はもちろん上げなくてはいけないが、それればかりではな。私たちの仕事は楠田植木の利益のためだけでなく、この先の日本のためになることが肝要《かんよう》だ」

「それにしたってうちは安く売りすぎです。慈善事業ではないのですよ。今のままではそれこそ国益《こくえき》にならない」

多和田が言い返したそのとき、険悪な空気を裂くように馬が嘶《いなな》いた。馬車の用意ができたらしい。

小さく息を吐いた岩佐は気を取り直したようにニッコリ笑った。お父上とお兄様にくれぐれもよろしくお伝えください、と言い置いて玄関を出る。多和田はといえば、無言で会釈をして外へ出た。

「草花を育てる技が、この先の日本のためになるんですか」

しのつく雨の中、去っていく馬車を見送りつつつぶやくと、なるのですよ、と鮫島が答えた。

「数年前まで日本の植物の売買は外国人が行《おこな》っていました。それを日本人の手に取り戻し、わが国の植物を輸出して富国《ふこく》の一端を担《にな》うことは、政府の方針でもあるのです」

「植物の取り引きは、それほど大きな利益が出るんですか？」

「ええ。外国にも草花を愛する人は大勢いて、贈るのも飾るのも育てるのも、今ある花を改良してより美しい花を生み出すのも盛んなのです」

へえ、と智草は素直に感心した。どこの国でも、美しい花卉を愛《め》でる気持ちは変わらないのだ。思えば絵画をはじめとする芸術にも国境はない。

ただ、と続けた鮫島は表情を曇《くも》らせた。

「外国人がほしがる草花や種を乱獲《らんかく》して法外な値段で売りつけたり、不当に安く買い叩いた草花を高く売って、利鞘《りざや》で荒稼《あらかせ》ぎをする不届き者が現れましてね。目先の利益ばかり追いかけていては、園芸界の発展はありません。そもそも儲《もう》かるからといって無闇やたらに取っていたら、日本の貴重な草花が絶えてしまいます。多和田さんもその辺りのことはわかっていると思うのですが……」

「多和田さんは、もっと高く売りたいと考えておられるんですね」

「ええ。実際、もっと出してもいいと言う業者もいるのです。しかし植物の輸出入に関する法律がきちんと整備されていない今、あまり高値で取り引きされると、どうしても乱獲が起きる。草花を守るためには適正な価格で売ることが大事です」

どこまでも真面目な口調で言う鮫島に、なるほど、と智草はつぶやいた。商売についてはよくわからないが、鮫島の言うことはもっともだと思う。

一方で、高く買うと言っているのだから高く売ればいいじゃないか、と考える人がいるのも理解できる。多くの利益を得られる好機は、きっとそう何度も訪れまい。

「そういえば以前、愚《ぐ》にもつかない物として雑に扱っていたら、いつのまにか根絶やしになってるかもしれんて言うてはりましたね」

思い出して言うと、鮫島は我に返ったようにこちらを見下ろした。

「昨日は私の不用意な言動で、不快にさせてしまって申し訳ありませんでした」

真摯《しんし》に頭を下げられ、瞬きをする。

そうやった。謝ろうと思てたんや。

それなのに先に謝られてしまった。鮫島は昨日も己の非を認めるとすぐに謝った。こんなに素直に謝る男には会ったことがない。

稲尾とはそもそも、謝ったり謝られたりするような諍《いさか》いをしなかった。恋情と嫉妬を知られないようにするため、常に己を取り繕《とつくろ》っていた。

「私の方こそ意地になってしもて……。鮫島さんは、私の絵を褒めてくれはったのに、申し訳ありませんでした」

「いえ、あなたは何も悪くない。私が先走ってしまったのです。もうあんなことはしないように努《つと》めますので、許してくださいますか？」

はいと応じると、鮫島はほっと大きく息をついた。

「よかった。ありがとうございます！　嫌われてしまったかもしれないと思っていたので安心しました」

さも嬉しそうに笑う顔を間近に見て、ドキ、と心臓が鳴った。輝くような笑顔が眩《まぶ》しい。

「せっかく来ていただいたのですから、少し話しませんか？」

「いえ、私は……」

「先ほどの岩佐が持ってきた饅頭《まんじゅう》があるのです。智草さんは、甘い物は嫌いですか？」

「好きですが……」

「私もです。評判の饅頭らしいですから、一緒に食べましょう！」

さあ行きましょう、と背中に手を添えられて促《うなが》される。大きな掌《てのひら》の温かな感触に、また心臓が跳ねた。

鮫島さんは、稲尾やない。

わかっているのに胸が騒ぐ。

十畳《じょう》ほどの部屋がひとつある離れに入るのは、随分と久しぶりだった。部屋の隅には、革のトランクと風呂敷包みがひとつ置いてある。衣文掛《えもんか》けには上着と帽子がかけてあった。鮫島の荷物はそれだけらしい。

どうぞと勧められて小ぶりの茶色い饅頭を齧《かじ》ると、餡子《あんこ》の濃厚な甘さが口の中に広がった。皮ももっちりとしていて餡子とよく合う。

こちらを見つめる鮫島に、智草は二人きりという状況に今更緊張しながらも頷いてみせた。

「お口に合いましたか。よかった!」

嬉しげに破顔《はがん》した鮫島は、自《みずか》らも饅頭を頬張った。

「日本に戻ってきてから饅頭の旨《うま》さを改めて思い知りました。もちろん亜米利加《アメリカ》や欧羅巴《ヨーロッパ》で食べた菓子にも、旨いものはたくさんありましたが」

「伊太利亜には美味《おい》しいお菓子があるそうですね」

「ええ、よくご存じですね」

稲尾の顔が脳裏《のうり》に浮かんで、わずかに胸が痛む。

「友人が……、伊太利亜に留学していて、手紙でいろいろ教えてくれるんです」

「なるほど。確かに伊太利亜の菓子はどれも旨かったですよ！　カンノーリ、ビスコッティ、ズコット、ズッパ・インクルーゼ、ババ、リストランテで出された菓子も、アメリア……、前に言っていたドメニコの娘さんが作ってくれた素朴な手作りの菓子も、実に旨かった。アメリアは菓子作りが得意で、甘いものが好きな私のためによく作ってくれたのです」

聞き慣れない菓子の名前を楽しげにずらずらと並べた鮫島に、智草は思わず笑ってしまった。建造物はよく覚えていないのに、菓子ははっきり覚えているのだ。

きっと菓子には興味があったのだろう。あるいは、アメリアという女性が印象深かったのか。

智草が信じていないとでも思ったのか、鮫島は真面目な顔で言う。

「本当にどれも美味しかったですよ。智草さんにもぜひ食べてもらいたい。きっと気に入りますす」

「そうですね、いつか食べてみたいです」

笑いながら饅頭を頬張った智草は、女中が運んでくれた茶を飲んでほっと息をついた。郷里に戻ってきてからずっと喉《のど》の奥に支《つか》えていたものが、幾分か小さくなった気がする。

「私も、伊太利亜に留学したかったんです。けど選ばれんかった。君の絵には君という人間が表れてない。ただ巧いだけで到底芸術とは言えないと、画塾の先生に言われたんです。私自身、画塾で学ぶうちに己の才能のなさを痛感してましたから、絵の道はあきらめました」

気が付けば、己のことを話していた。自分でも思いがけず落ち着いた口調になった。

鮫島はゆっくり瞬《まばた》きをする。二つ目の饅頭に伸ばしかけた手を止め、やはりゆっくり茶を飲んだ。そしてまだ降り続いている雨音を束《つか》の間《ま》聞いてから口を開く。

「私には芸術のことはわかりません。しかし草花を商《あきな》う者にとって、図譜に載せる花の絵に画家のメッセージや人柄が表れていては困るのです。花のありのままの美しさや瑞々《みずみず》しさが表れていることが、何より大切だ。だから本物の百合を見たのと同じ心持ちになるあなたの絵は、私にとっては最も理想に適《かな》った絵なのですよ」

鮫島はニッコリ笑った。

智草はまじまじと鮫島を見つめた。

この人は、僕とは全く違う目で世の中を見てる。

今までにも何度も変わっていると感じたが、改めて不思議な人だと思う。理想の絵だと言われた嬉しさよりも、新しい目を与えられたような新鮮な気分が勝《まさ》った。

智草さん、と鮫島が力強く呼ぶ。

「もう一度、あの百合を描いてくださいませんか」

「え……」

「絵を描くのが嫌になったとおっしゃっていましたが、今、あなたの話を伺って、嫌になったのとは少し違う気がしました」

「いや、僕は……」

「どうしてもお嫌なら無理にとは言いません。潔《いさぎよ》くあきらめます。しかし私はあなたの絵が見たい。私のために、描いていただけませんか？」

鮫島の熱心な物言いに、智草は言葉につまった。にわかに心臓が騒ぎ出す。

久しぶりに絵と向き合うことへの不安が湧いたせいか。あるいは、私のために、と言われたせいか。――思えば誰か一人のために絵を描いたことはなかった。

「……そしたら、描いてみます」

「本当ですか？」

小さく頷いてみせると、鮫島は目を輝かせた。

「ありがとうございます！　嬉しいです。楽しみだ！」

「あんまり期待せんといてください。私の絵はほんまに、誰からも全く評価されんかったですから」

「他の人の評価など問題じゃない。言ったでしょう、あなたが描いた百合は、本当に素晴らしかった！　百合も智草さんに描いてもらえたら、きっと喜ぶはずです」

「百合が喜ぶんですか」

冗談だと思って苦笑したが、鮫島は真剣な顔で頷いた。

「喜びますよ。手をかけてやって褒めてやれば、草花も生き生きと美しくなる。人と同じです」

鮫島は上機嫌で饅頭を頬張った。

さも嬉しそうな顔を目の当《ま》たりにして、智草も自然と笑顔になる。我知らず肩の力が抜けた。一方で、胸の高鳴りは一向に静まらなかった。

離れを出た智草を追って、鮫島も外へ出てきた。送っていきますと言われて、わざわざけっこうですと慌てて断ると、鮫島はニッコリ笑った。

私があなたと歩きたいのです。

鮫島はわだかまりが解けて、色がついた智草の絵を見られることになったのが嬉しいだけだ。他意はないとわかっている。にもかかわらず心が躍《おど》った。

いつのまにか雨はやみ、灰色の雲の切れ間から青空が覗いていた。雨が空気を洗い流したらしく、澄んだ風が吹く中を鮫島と並んで歩いた。好きな菓子の話、兄弟の話等々、他愛《たわい》ないやりとりだったが、思いの外《ほか》楽しかった。

さようなら、また明日、と挨拶をして去っていく広い背中を、智草は家の前に佇《たたず》んで見送った。視線を感じたのか、鮫島は振り返った。整った白い歯を見せて笑い、中折れ帽子を高く掲《かか》げてみせた。胸の奥がじんわりと熱くなるのを感じつつ、智草は頭を下げた。

翌日、智草は朝早く起きた。そして学校へ行く前に百合を描いた。

しんとした早朝の空気の中で咲く百合は、清らかな美しさを湛《たた》えていた。

ああ、きれいや。描きたい。

気が付いたときには、紙に鉛筆を走らせていた。夢中で描いたので、あっという間に描き上がった。そのままの勢いで色もつけた。時間を忘れて没頭《ぼっとう》したのは、随分と久しぶりだった。

子供の頃、目に見える物は何でも描いた。難しいことは何も考えなかった。ただ描きたかったから描いた。

その頃と同じだった。甘い香りを仄《ほの》かに漂わせる、この瑞々しい百合を描きたい。だから描く。それだけだった。正直、描いてほしいと頼んできた鮫島のことすら忘れていた。

出来上がった絵の良し悪《あ》しは、自分ではわからなかったものの、確かな満足感があった。

絵を描くことが嫌いになったわけではなかった。他人と比べられ、評価されることに疲れただけだ。

そう実感してようやく、鮫島に絵を描いてくれと頼まれていたと思い出した。絵を見て大喜びする男の顔を想像して笑みが漏れた。

誰にも褒められんでも、あの人が喜んでくれたら、そんでええ。

その日の授業を終えた智草は家路《いえじ》を急いだ。

鮫島さん、待ってはるかもしれん。

百合の絵を早《は》よう見てもらいたい。

桃色の夕空には雲ひとつなかった。緩く吹いてくるひんやりとした風が、植えられて間もない青い稲を優しく揺らしている。

村に戻ってきて一年、故郷の景色をこれほど美しいと感じたことはなかった。

目を細めつつ早足で歩いていると、又二郎と猟師の米蔵《よねぞう》、そして木こりの平作《へいさく》に行き合った。

何やら深刻な顔で話をしている。村の木こりの一部は狩猟も行う。その中でも特に猟の腕に長《た》けた者は、猟師としての仕事の方が主になっている。

米蔵はそんな猟師たちを束《たば》ねる屈強《くっきょう》な男だ。平作は以前に智草の家へやってきたマツの父親である。こちらは林業のみを生業《なりわい》にしている。

智草に気付くと、おかえりやす、と三人は丁寧に頭を下げた。

「山で何かありましたか？」

又二郎が無断で山に入っている不届き者がいると言っていたことを思い出して尋ねる。

すると又二郎と米蔵は渋い顔をした。平作も顔色が悪い。

「やっぱり誰かが山へ入ってるみたいなんだすわ。米蔵が言うには、罠《わな》が壊されとったそうなんだす」

又二郎の言葉を、米蔵が引き取った。

「罠を壊されるだけやのうて、草をむしったり木の枝を切ったりされとるんだす。無闇に荒らされると獲物が警戒して罠にかからんようになってしまうし、木ぃを疵《きず》つけられてはかなわん。なあ、平作」

「へえ。大事な檜《ひのき》に疵がついとって……」

よほど困っているらしく、平作が小さな声で答える。

再び又二郎が口を開いた。

「鮫島さんは義之介様のお許しを得て滞在しておられるさかい、もし山へ入るんやったら連絡があるはずだすが、あの方は夢中にならはると周りが見えんようにならはるよって、もしかしたらて話してたんだすわ」

鮫島が疑われていることに、智草は大いに慌てた。

「鮫島さんは、父の許しは出たけど又二郎さんの許しがないさかい、山には入れへんて言うてはりました。夢中になってうっかり入って、万が一罠を壊さはったとしても、ちゃんと謝罪しはると思います。せやから鮫島さんやない。誰か、別の人や」

懸命に言うと、又二郎と米蔵は瞬きをした。やがて又二郎が明るく笑う。

「善さんに聞きましたが、鮫島さんは智草様が育てておられる百合をよう見に来てはるそうですな」

「はい、又二郎さんに取ってきてもろた百合です。鮫島さんは、あの百合を気に入っておられます」

「鮫島さんとようお話しになってはる智草様が、鮫島さんやないて言わはるんやったら違うんでしょうな。まあけど、村のあちこちを歩きまわってはると、怪しい奴を見かけるかもしれん。もしそういう奴を見かけたら教えるように言うといてくれはりますか？」

又二郎の言葉に、智草はわかりましたと応じた。三人は会釈をして去っていく。

いったい誰が山に入ってるんやろう……。

ここは田舎の村だ。余所者《よそもの》が集落に入って来ればすぐにわかる。とはいえ山手の方には家が少ない。しかも山裾《やますそ》が大きく広がっているので、四六時中見張っているわけにもいかない。

鮫島にもきちんと話しておこうと改めて思いつつ、智草は再び歩き始めた。家の前にスラリとした長身の男が立っていることに気付く。

鮫島だ。智草を見つけて大きく手を振る。

傾きかけた太陽に照らされたその姿に、じわりと胸が熱くなった。自然と駆け出す。

鮫島はその場に立ったまま迎えてくれた。

「おかえりなさい、智草さん」

「ただいま戻りました。ずっとここにいたんですか？」

「一時間くらい前からです。あなたの帰りを待っていました」

「中にみねがいるでしょう。鮫島さんが来はったら、庭に入ってもろてて言うといたんですけど」

「ええ、みねさんには庭で待っていてくださいと言われたのですが、智草さんがいないと落ち着かないので、ここで待っていました」

にっこり笑った鮫島は、智草の背中にごく自然に手を添えた。熱をもったままの胸が跳ねる。西洋の人は距離が近いが、鮫島もそうだ。

鮫島と共に、庭がある裏口から敷地内へ入った。いくつかの百合が咲き終わっていることに気付く。花がらは早めに取り除いてやらないと病に罹《かか》ってしまう。

智草が花がらを取ろうとしていると察したらしく、鮫島が風呂敷包みを持ってくれた。

「すみません、ありがとうございます」

「どういたしまして。ああ、いくつか枯れてしまったのですね」

「はい。もともと野に咲いてる花やから、そないに世話をしてやらんでもええんかもしれませんけど、病になったらかわいそうですから」

花がらをそっと折り取りつつ答える。鮫島も傍に寄ってきた。

「草花の世話は誰に教わったのですか?」

「四年前に亡くなった祖父です。この家は、隠居した祖父が草花を愛でながら暮らすために建てたんですよ」

「お祖父様は花卉がお好きだったのですね」

「ええ。江戸の頃に出版された本草図譜《ほんぞうずふ》や草木育種《そうもくそだてぐさ》を熱心に読んでました。植木商とも懇意《こんい》にしてましたから、植木職人の知恵やら技を教えてもろたんやと思います」

「本草図譜と草木育種は私も読みました！　どちらも日本の園芸技術の高さを証明する名著ですね。智草さんも読まれましたか？」

「祖父が存命のときは興味のあるところしか読んでなかったんですが、去年、東京から帰って来てから最後まで読みました」

園芸に興味があったからではなく、単に気を紛《まぎ》らわせるためだった。

そうですか！　と鮫島はなぜか嬉しげに相づちを打つ。

ちょうどそのとき、おかえりやす、と家の中から声がした。みねが顔を出している。

「坊《ぼん》さん、お夕飯できてますけど、鮫島さんも一緒に召《よ》ばれはりますか？」

みねに問われ、あ、はい、と智草は咄嗟《とっさ》に頷いた。みねが鮫島の分も食事を用意してくれたのは、握り飯を作ってくれたとき以来だ。少しは鮫島を信用したのかもしれない。

「あ、けど、鮫島さんのご都合は……」

「私なら大丈夫です。智草さんさえよければ、ご馳走《ちそう》になります。みねさん、ありがとうございます」

さも嬉しそうに笑った鮫島に、ほっとする。

嬉しいのはこちらの方だ。

みねは、いいえ、とすまして返事をした。

「坊《ぼん》さんがあんたはんとしゃべってはると楽しそうやさかい。あ、坊さん、稲尾さんからお手紙が届いてましたで」

はい、と手紙を渡されて、ありがとうと受け取る。微《かす》かに胸が痛んだが、前に手紙が届いたときほどには痛くなかった。喉が絞まるような感じはするけれど、息がつまるほどの苦しさはない。虚《うつ》ろな気持ちにもならなかった。

また絵を描いてみることにしたからやろか……。

それとも、容貌が似ているとはいえ、ここ最近は稲尾ではなく鮫島の方が身近になったせいか。

僕の絵に価値がないんは、何も変わらんのに。

手紙をじっと見下ろしていると、鮫島が傍《かたわ》らに寄ってきた。

「前におっしゃっていた、伊太利亜に留学されているご友人からですか?」

「え……? ああ、はい、そうです。月に一度か二度、手紙をくれます」

そうですか、と鮫島は短く相づちを打った。いつもの屈託のない態度と違っている気がして、鮫島を振り仰《あお》ぐ。

鮫島はこちらを見ておらず、眉を寄せて手紙を見つめていた。

「鮫島さん？」

鮫島は我に返ったように瞬きをした。

まっすぐ見つめられ、にわかに胸が高鳴る。精悍《せいかん》な面立《おもだ》ちに映っているのは真剣な表情だ。

智草は戸惑いながら首を傾げた。

「どうかしましたか？」

「頻繁に手紙がくるということは、智草さんはその方と親しかったのですね」

「ええ、同じ時期に画塾に入って、年も同じだったので親しいなりました。才能の有無《うむ》に関わりなく接してくれる、穏やかで明るい、私には勿体《もったい》ない友人です」

稲尾を思い浮かべながら言ったのに、声は震えなかった。言葉につまることもなかった。

そのことに内心で驚いていると、鮫島は直線的な凛々《りり》しい眉を八の字に寄せた。初めて見る顔だ。

「あの、私、何か失礼なことを言いましたか？」

「……いえ。智草さんは悪くありません。私が悪いのです。すみません」

鮫島がしょげているように見えて、智草は焦《あせ》った。鮫島が何に傷ついたのかわからない。だから何を言えば元気を出してくれるかもわからない。

そうや。百合の絵を見てもらおう。

描くと言っただけで、あれだけ喜んだのだ。実際の絵を見せたら、きっといつもの鮫島に戻ってくれる。

「鮫島さん、私、今朝百合の絵を描きました」

「えっ、本当ですか？」

想像していた通り、鮫島はたちまち目を輝かせた。

「はい。今お見せします」

急いで手紙を文机《ふづくえ》に置き、しまっておいた絵を取り出す。そして縁側にいる鮫島に手渡した。

鮫島のくっきりとした二重《ふたえ》の瞳が、紙の中に咲く百合に釘付けになる。輝きが倍増し、眩しいほどだ。

その様子を目《ま》の当たりにして、もともと高鳴っていた心臓が更に鼓動を早めた。

鮫島がうなるような声を漏らす。

「これは……、素晴らしい！　百合が最も美しく咲いた瞬間を、そのまま紙に閉じ込めたようだ……！」

「そうですか？　よかった」

ほっと息をつくと、智草さん！　と大きな声で呼ばれた。そこでようやく、鮫島は百合の絵から視線を上げる。

「この絵は本当に素晴らしいです！　これなら本物を見られない外国の顧客《こきゃく》に、日本の百合の美しさを充分にアッピールできる！　きっと皆こぞってほしがるでしょう！　智草さん！」

もう一度呼ばれて、はい、と慌てて返事をする。

「うちの、楠田植木の図譜の絵を、ぜひあなたにお願いしたい！」

「え……」

「もちろん報酬はお支払いします！　智草さんのお名前を前面に出すことはできませんが、図譜にはお名前が載りますから！　どうかお願いします！」

「いや、でも……」

まさかそこまで話が大きくなるとは思っていなかったので戸惑っていると、奥の部屋からみねが顔を覗かせた。鮫島の大きな声に驚いたらしい。

「何事だすか？」

「みねさん、みねさんからも智草さんに頼んでください！」

「頼むて何を？」

「智草さんに、我が社の図譜の絵を描いていただきたいのです！　これを見てください！」

不審がりながら歩み寄ってきたみねに、鮫島は百合の絵を見せた。みねは目を丸くする。

「なんとまあ美《うつ》やかなこと！　こないに美やかな絵ぇは見たことおまへん。これは坊《ぼん》さんがお描きになったんだすか？」

「そうです！　智草さんの絵です！　素晴らしいでしょう！　智草さん、ぜひうちの図譜を描いてください！」

再び勢いよく言われて、いや、でも、と再び口ごもる。

「鮫島さんの一存で決めてしまってええんですか」

「図譜の作成を担当しているのは前に離れを訪ねてきた多和田ですが、大丈夫！　あなたの絵を見れば、ぜひ描いてほしいと言うはずです。花を高く売るにせよ売らないにせよ、魅力的な図譜を作成することは重要ですからね！　岩佐も賛成しますよ、間違いない！」

「そんなの、わかりませんよ」

「わかります！　私だけじゃない、みねさんだってこの絵は特別美しいと感じたのですから！」

鮫島は改めて智草の絵に視線を落とした。穴が空くのではと心配になるほど熱心に見つめた後、何を思ったのか絵をみねに渡す。かと思うと大きく腕を広げ、智草を正面から抱きしめた。

唐突な仕種に、智草はされるままになる。ひゃあ、とみねが頓狂《とんきょう》な声をあげた。

「さ、鮫島さん？」

「本当に、あなたは素晴らしい……！」

熱のこもった低い声が耳をくすぐる。声だけではない。シャツ越しに鮫島の体温が伝わってくる。

にわかに心臓が騒ぎ出した。あっという間に体が芯から熱くなる。

慌てて離れようとしたが、ぎゅうと強く抱きしめられてしまった。

「ああ、私はあなたに会えて幸せだ！」

叫んだ鮫島は智草の腰に腕をまわし、軽々と抱き上げた。そしてくるくるとその場をまわり始める。

「わ、ちょっ、鮫島さん！」

「あれあれ、まあまあ！　坊《ぼん》さん、まあまあまあまあ！」

智草が抵抗しないので、怒っていいのか笑っていいのかわからなかったらしく、みねがうろうろする。智草を抱き上げたまま、鮫島は明るい笑い声をあげた。

こんな風に抱き上げられるのは、ごく幼い頃以来だ。恥ずかしくてたまらないが、少しも嫌ではない。このままずっと抱きしめていてほしいとさえ思う。

――僕は、鮫島さんを好いてるんや。

稲尾の代わりではなく、鮫島その人を慕《した》っている。稲尾の手紙を手にしても以前ほど痛みを感じなかったのは、きっとそのせいだ。

いつのまにか鮫島の肩をしっかりつかんでいて、智草はハッとした。慌てて離そうとしたものの、名残惜《なごりお》しくてどうしても離せない。

鮫島は振り落とされないようにするためにつかんだと思っているのか、気にしている様子はなかった。

抱き上げられてる今しか、きっと鮫島さんには触《さわ》れへん。

鮫島に気付かれないように、きゅっと広い肩口のシャツを握り直す。

鮫島さんが好きや、と改めて思った。

この太陽のような男に、どうしようもなく惹《ひ》かれている。

しかし、鮫島に想いを告げようとは思わなかった。

厭《いと》われ、疎《うと》まれるくらいなら黙っていた方がいい。


その日の夜、智草は夢を見た。稲尾と並んで絵を描いている、いつもの夢だ。

真っ白なカンヴァスには、どんなに筆を置いても何も描けない。

焦る。怖い。泣きたくなる。

対する稲尾はどんどん絵を描いていく。

更なる焦燥《しょうそう》に駆られて必死で絵を描く。

ああ、僕はまた置いていかれる。

由井、と呼ばれて智草は振り向いた。

稲尾は困ったように眉を寄せていた。画塾で共に学んでいたとき、時折こんな顔をした。

もしかしたら、稲尾は僕の想いに気が付いてたんかもしれん。

応《こた》えられないから困った顔をしたのだ。

叫び出したいような衝動が湧いたそのとき、別の方向から、智草さん、と呼ばれた。

声がした方に視線をやると、そこには地面に膝をついた鮫島がいた。一瞬、稲尾かと思ったものの、シャツとズボンが土埃《つちぼこり》にまみれていたので鮫島だとわかった。

百合が見つからないのです。一緒に探していただけませんか？

はいと頷いて立ち上がる。

鮫島の前には青々とした繁みがあった。濃い緑に隠れるようにして、小さな百合が咲いている。

鮫島さん、ここにありますよ。

指さすと、鮫島は顔を上げた。智草の手許を見たものの眉を寄せる。

ありませんよ。

え、ありますよ。ほら、見てください。

再び百合を指さすが、鮫島は首を横に振った。ひっそりと咲く百合の姿は見えていないようだ。

ここです、ここにあります。

懸命に訴えるが、鮫島は全く別の場所を探し出す。

ないなあ、どこにあるんだろう。ここにはないのかもしれないな。

つぶやく声が聞こえてきて、智草は焦った。こんなにきれいに咲いているのに、なぜ見えないのか。

鮫島さん、ここです。気付いてください！

必死で訴えたところで目が覚めた。目許に涙が滲んでいた。

あの花は、僕の想いや。

百合を詠《よ》んだ万葉集の歌が思い出された。

夏の野の繁みに咲ける姫百合《ひめゆり》の、知らえぬ恋は苦しきものぞ。

そうだ。知られない恋は苦しい。稲尾に想いを寄せたときにも痛感した。

しかしどんなに苦しくても、耐えるしかないのだ。


鮫島《さめじま》が又二郎《またじろう》と同僚の多和田《たわだ》を引き連れてやってきたのは、翌々日の日曜の朝のことだ。

鮫島はまだ大阪に滞在していた多和田に連絡をとり、早速智草《ちぐさ》の絵を見せたらしい。すると多和田はすぐに図譜《ずふ》の絵を頼もうと言ってくれたという。

誰かに評価されるためではなく、描きたくて描いた絵を認められたのは素直に嬉しかった。

だから正式に楠田植木《くすだうえき》と契約することにした。もっとも、智草より鮫島の方がずっと嬉しそうだったのだが。

その日、神戸へ出かけていた父が帰ってきて、又二郎に鮫島を山へ連れて行ってやれと言ったらしい。又二郎も反対せず案内することにしたようだ。

山へ無断で入っているのは、とりあえず鮫島ではないと判断したのだろう。鮫島本人も、侵入者を見つけたらお知らせしますと約束したという。

何にしても、父さんと又二郎さんがそんだけ鮫島さんを信頼しはったてことや。

「由井《ゆい》さん、今日はよろしくお願いします」

声をかけてきたのは多和田だ。彼も山へ行く格好をしている。

智草も善助《ぜんすけ》に用意してもらった草鞋《わらじ》を履《は》き、首に手拭《てぬぐ》いを提《さ》げていた。智草さんも一緒に行きましょうと鮫島に誘われて断らなかったのは、山で咲く百合《ゆり》をぜひあなたと一緒に見たいと言われたからだ。

僕が図譜の絵を描くことになっても、鮫島さんはいつまでもこの村にいるわけやない。まだ知られていない草花を、日本全国くまなく歩いて探すのが鮫島の仕事だ。その仕事は鮫島の喜びでもある。

近いうちに去っていく人だ。束《つか》の間《ま》、傍《そば》にいても罰《ばち》は当たるまい。

「こちらこそ。図譜の絵を任せてくださってありがとうございます」

頭を下げると、多和田は微《かす》かに笑った。

「いえ。素晴らしい絵でしたので」

鮫島と共にやってきた多和田は、以前本家の屋敷で会ったときのように不満げではなかったものの、嬉しそうでもなかった。

多和田は三十一歳。鮫島より先に楠田植木に入社したと聞いた。欧羅巴《ヨーロッパ》や亜米利加《アメリカ》へ輸出する花卉《かき》をいくつか見つけてきているらしい。

何を思ったのか、多和田はふいに声を潜《ひそ》めた。

「鮫島には気を付けてください」

智草は瞬《まばた》きをする。

「どういう意味でしょうか」

「あの男は結局、珍しい草花が手に入ればいいのですよ。先日、怪しげな外国人と話しているところを見てしまいました」

はあ、と智草は曖昧《あいまい》な返事をした。多和田が何を言わんとしているかわからない。

「新しい種類の花卉を楠田植木から安く仕入れて、外国で高く売りさばこうとしているのかもしれません。苦労して見つけた花卉を安値で売ることに甘んじているのには、理由があると思うのです」

「鮫島さんが、お金を儲《もう》けたいと考えているということですか？」

冗談にしてもありえない。

内心であきれていると、ちょっと違いますね、と多和田は真面目な顔で答えた。

「その外国人に何らかの恩があるか、弱みを握られているかだと、私は考えています。もしかしたら、外国人の恋人に頼まれたのかもしれません」

ふいに鮫島の言葉が耳に甦《よみがえ》った。

――地獄に仏とは、まさにあのことです。いつか必ず恩返しをするつもりです。

――アメリアは菓子作りが得意で、甘いものが好きな私のためによく作ってくれたのです。伊太利亜《イタリア》の庭園に連れて行ってくれたのも、アメリアだと言っていた。

鮫島はどうかわからないが、アメリアという女性は鮫島を慕《した》っていたのではないか。鮫島もアメリアは美しい人だと言っていた。何の感情もなかったとは言いきれない。

そこまで一時に考えて、智草は小さく首を横に振った。

全部、僕の妄想や。ばかばかしい。

どんなに恩があったとしても、鮫島が日本の花卉を金儲けの手段にするとは思えない。

「外国の方と話してただけで、そこまで考える必要はないんと違いますか？　外国へ行ったことがない私でも、東京にいた頃は外国人と話すこともありましたよ」

やや強い口調で言うと、多和田はわずかに顎《あご》を引いた。智草が言い返してくるとは思っていなかったのかもしれない。

「あなたは外国人とやりとりをしているときの鮫島をご存じないから、そうおっしゃるんですよ」

厭味《いやみ》っぽい物言いにムッとしていると、智草様、と又二郎に呼ばれた。

「そろそろ行きますけど、大事ないだすか？」

「はい、大丈夫です」

頷いて、又二郎と鮫島に駆け寄る。

鮫島は笑顔で迎えてくれた。

「良い天気でよかったですね！」

ええと智草も笑顔で頷く。背中に多和田の視線を感じたが、振り返らなかった。

多和田さんはたぶん、鮫島さんに嫉妬してはる。

稲尾《いなお》に嫉妬してきた智草だからこそ、多和田の気持ちがわかる。

でも、せやからて、悪口みたいなことを言うてええわけやない。


「智草さん、大丈夫ですか？」

背後を歩いている鮫島に声をかけられ、智草ははいと返事をした。

前を行く又二郎が振り返る。

「もっとゆっくり行きまひょか」

「平気です。大丈夫ですから」

息は切れているが、吸い込む空気に溶け込んだ緑の香りのおかげか、あるいは又二郎がゆるゆる歩いてくれているからか、それとも鮫島がことあるごとに気遣ってくれるせいか、辛《つら》くはない。

「ああ、やはり山の奥まで来ると里にはない植物がありますね。多和田さん、そこの蔦《つた》、観賞用にいけると思いませんか」

鮫島が背後で嬉しげな声をあげる。

最後尾を歩いていた多和田は頷いた。

「亜米利加人が好きそうだ」

「取り引きされるんは、花だけやないんだすか？」

先頭の又二郎に尋ねられ、はいと鮫島は応じた。

「欧米には日本の庭園とはまた違った庭の文化があるのです。飾りとして、蔓《つる》や蔦などが用いられることもあります」

「へえ。何が好まれるかわかりまへんなあ」

又二郎が感心したように言ったそのとき、ふいに木々が途切れた。その一角だけが平たい原っぱのようになっている。

「これは……！」

背後で鮫島が絶句する気配がした。

野原には白い百合が咲き乱れていた。深い緑の中に点々とちりばめられた清らかな白は、目にも鮮《あざ》やかである。

智草も百合の群れに見惚《みと》れた。山へ入ったことは何度もある。しかしここまで深い場所へ来るのは初めてだ。

庭にある百合は既に咲き終えたものもあるが、気温や湿度、土が異なるからだろう、ここの百合はまだ黄緑色の蕾《つぼみ》のものもある。

「他にも山のところどころで咲いてますけど、ここが一番仰山《ぎょうさん》咲いてます。ここは朝から昼までしか日ぃが当たらんのですが、それがええんかもしれまへん」

又二郎の説明に、なるほど、と鮫島は真剣な顔で頷いた。

「大抵の百合は高温多湿を嫌います。ここは風もよく通るようですし、自生するにはちょうどいいのでしょう」

言いながら、鮫島は智草の隣に並んだ。改めて野の百合を見まわしてため息を落とす。素晴らしい、という感激したようなつぶやきが聞こえた。

こんな人が、花卉を金儲けの道具にするわけがない。

そう思って多和田を見遣ると、又二郎と話していた。球根のとれる時期や植え付けについて尋ねている。

「美しいですね……」

鮫島の言葉に、ええと智草は短く返事をした。本当に、夢のように美しい光景だ。

視界の端で、長く骨太な指を備えた鮫島の大きな手が動いた。すぐ傍《そば》にある黄緑の蕾にそうっと触れる。

愛《いと》しむような仕種に、なぜかじんと胸が熱くなった。

「あなたに、この蕾の絵も描いていただきたい」

「……図譜に、蕾の絵も載せるんですか？」

いいえ、と鮫島は百合の蕾を優しく撫でながら首を横に振った。

「私のために、描いていただきたいのです」

「鮫島さんのために、ですか」

「はい、私のために」

視線を感じて、智草は鮫島を見上げた。

目が合う。

鮫島の瞳には、百合の蕾を見つめていたときと同じ熱が宿っていた。ドキ、と心臓が跳ねる。

――鮫島さん、前に僕が百合の蕾に似てるて言うてはった。

鮫島にとっては、植物も人も同列なのだ。だからこの眼差しに特別な意味はない。

必死で己に言い聞かせていると、鮫島は視線をそらさずに言った。

「描いていただけますか?」

瞳の熱に操られたように無言で頷く。

すると、鮫島は目許《めもと》を緩《ゆる》めた。微かな笑い皺《じわ》に、またしても心臓が躍《おど》る。

「嬉しいです。ありがとうございます!」

「いえ……」

「あなたと一緒に、この百合を見られてよかった」

智草はうつむいた。頬が燃えるように熱い。首筋も熱い。きっとどこもかしこも赤くなっている。

ああ、こんなに赤《あか》なったら、僕が鮫島さんを好いてるて悟《さと》られてしまう。

しかし鮫島はそれきり何も言わなかった。

ただ二人、風に揺れる無数の百合の前に佇《たたず》んでいた。

裸足《はだし》の足の裏に当たる板の床が、やけに冷たく感じる。風呂から上がったばかりで全身が火照《ほて》っているせいだけではない。日が暮れて気温が下がったせいでもない。今置かれた状況のせいだ。

恐る恐る襖《ふすま》を開けると、浴衣《ゆかた》を身につけた鮫島がそこにいた。ランプの光の下で大きな紙に視線を落としている。この村にはまだ電気もガスもきていないのだ。

「智草さん、この種藝年中《うえものねんじゅう》行事《ぎょうじ》は実に興味深いですね。全てひらがなで書かれている！」

祖父が残した一枚刷りに目を落としたまま、鮫島が言う。

「難しい漢字が読めん農民に向けて書かれたものやからです。祖父が若い頃に手に入れたそうです。六十年ほど前の天保《てんぽう》の飢饉《ききん》のときに庶民が飢《う》えんように、主に食べられる植物について書かれた救荒書《きゅうこうしょ》の一種やと聞きました」

智草は鮫島から少し離れた場所に腰を下ろしつつ答えた。ちらと見遣った先には布団が二組、並べて敷かれている。

山から帰ってくると、昼をとうにすぎていた。みねに用意してもらって遅い昼食をとった後、又二郎は仕事に戻り、多和田は荷物が置いてある由井の屋敷へと帰っていった。

鮫島はといえば、山をあちこち見てまわって泥だらけになっていたため、みねに風呂に入るように促《うなが》された。風呂から上がった後、鮫島は興奮冷めやらぬ様子で山で見た植物について語った。請《こ》われて祖父の蔵書を見せたりしているうちに夕刻になった。泊まっていかはったらどないだすかとみねに言われた鮫島は、智草さんさえよければ、と答えてこちらを見つめた。

迷ったのは一瞬だった。気が付いたときには、どうぞ泊まってくださいと答えていた。

鮫島さんと一緒にいたいのはほんまやけど、まさか同じ部屋に布団を敷かれるとは思わんかった……。

まだ話し足りんようやさかい、坊《ぼん》さんと一緒にお休みやす。

さっさと布団を敷き終えたみねに、別々の部屋にしてほしいとは言えず、結局そのままになってしまった。しかもみねは帰ったので、今、この家にいるのは鮫島と智草だけだ。

けど、二人きりなんを気にしてるんは僕だけや。

当たり前だ。鮫島は智草のことを、ごく普通の友人だと思っているのだから。

鮫島は『種藝年中行事』を見下ろしたまま、なるほど、と感心する。

「救荒書だから食べられる植物や調理法が記《しる》してあるのか。あ、でもサボテンとか扶桑花《ふそうか》のことも書いてありますね。これはおもしろい！　この刷り物は初めて見ました！　お祖父様は作《さく》物《もつ》にも造詣《ぞうけい》が深かったのですか」

作物とはいえ植物のことだからだろう、勢いよく話す鮫島に、智草は内心で苦笑しつつ頷いた。

「祖父はもともと作物が病に罹《かか》るのを防いだり、害虫を駆除する方法を知りとうて、植物について学び始めたらしいです。その過程で花卉が好きになったて言うてました」

「村の方々に学んだ方法を伝授されていたのですね。由井家の方が尊敬されているのも納得です」

「私が十四のときに亡くなった祖母は、うちの人はただの花咲爺《はなさかじい》さんになってしもたて笑《わろ》てましたけど」

「花咲爺さんとは、なんと羨《うらや》ましい！　私もいずれはそうなりたいものです！」

鮫島は弾《はじ》けるように笑った。智草もつられて笑う。この調子だと、隣り合った布団で眠っても意識せずに済むかもしれない。

鮫島は再び刷り物に視線を落とした。

「西洋の園芸に関する書物も読みましたが、日本の書物にも素晴らしいものがたくさんありますね。草花そのものだけでなく、技術も守っていかなくてはいけません」

「そうですね。しかし芸術の世界は、日本を守ろうとするあまり西洋芸術を閉め出しました。それはそれで問題ではないかと思っています」

「えっ、そうなのですか」

鮫島は驚いたように顔を上げた。

はい、と智草は頷く。

「官立の美術学校に西洋画を学べる場所はありません。今、西洋画や彫刻を学ぶ場所は画塾しかないのです」

鮫島はきつく眉を寄せた。

「それはまた極端な……。西洋の良いところまで排してしまうのは、日本のためになりません。あちらの方が優《すぐ》れている事柄も確かにあるのですから。どうもご一新《いっしん》以降、この国は零《ゼロ》か百かの極端な選択をしがちですね。急拵《きゅうごしら》えの政府だから仕方がないのかもしれないが、そもそも西洋のような国家体制は日本人には馴染まないのかもしれないな」

後半は独り言のようにつぶやいた鮫島だったが、ふと我に返ったようにこちらを見た。

「官立の学校がないとなると、ご友人は私費《しひ》で留学しておられるのですか」

「有志の寄付で賄《まかの》うてると思います。足りない分は私費でしょうが……。幸い友人の家は裕福やから困窮《こんきゅう》はしてへんようです」

「それはよかった！　暮らしに困っていては、安心して勉学に励《はげ》むことができませんからね」

そこまで言って、鮫島はふいに黙った。刷り物に視線を落としたかと思うとランプに目をやり、次に天井を仰《あお》ぎ、布団を見た後、再び手許に視線を戻す。やがて丁寧に刷り物を畳《たた》み、文《ふ》机《づくえ》の上に置いた。

急にどうしたんやろ。

不思議に思って見つめていると、鮫島はこちらに向き直った。二重《ふたえ》の瞳には、いつになく真剣な色が映っている。

「智草さん」

智草は思わず姿勢を正した。

「はい」

「この前、そのご友人から手紙が来ていましたね」

「あ、はい」

「読まれましたか？」

鮫島が何を聞きたいのかわからなくて、首を傾《かし》げつつ読みましたと答える。

鮫島はやはり真剣な表情で尋ねた。

「差し支《つか》えなければ、内容を教えていただけますか？」

「何も特別なことは書かれてませんでしたよ。いつも通り、学校のことや向こうで知り合った伊太利亜人のことが書いてありました。相変わらず充実した生活を送ってるようです」

手紙を読むと、以前ほど痛みは感じなかったものの、じりりと胸の端が焦《こ》げた。

鮫島に惹かれていても、稲尾への恋情が完全に消えてしまうにはまだ時間がかかりそうだ。ましてや才能への嫉妬が、そう簡単に消えるはずもない。

鮫島は真剣な顔のまま、智草さん、とまた呼んだ。

「あなたがそのご友人から届いた手紙を見ていたり、ご友人のことを話すと、私はとてつもなく不快になるのです」

「え、そうなんですか。なんでですか？」

「あなたが誰かに特別な想いを寄せているのを見ると、胸が騒ぐのです。私は相当あなたを好いているようです」

どこまでも真剣に言われて、智草はありがとうございますと頭を下げた。好いています、ではなく、好いているようです、という言い方が鮫島らしい。一緒に百合を見ようと誘われたくらいだ。嫌われてはいないだろうと思っていたが、じんと胸が熱くなる。

「いやいや、そうではないのですよ」

大きく手を振って否定するなり、鮫島はいざって智草に近付いた。かと思うと膝の上に置いていた智草の手をそっと握る。

咄嗟《とっさ》に引こうとしたが、しっかりと握り直された。

「鮫島さん」

「あなたに、私を特別に想ってほしいのです」

ゆっくり耳に注ぎ込まれた声は低く甘く、体の芯にまで染みる。

まさか、そんな、鮫島さんが、僕を？　嘘や、僕は男やのに。

アメリアさんは？　アメリアさんに惹かれてたんやったら、女の人が好きていうことやろ？

混乱していると、鮫島に肩を引き寄せられた。あ、と小さく声をあげた次の瞬間、広い胸に抱きとめられる。

「鮫島さ……」

「嫌ですか？」

鮫島は尋ねながらも、智草の肩と腰を包み込むように抱く。鮫島の体の熱と芳《こう》ばしい匂いが浴衣越しでもはっきりと伝わってきて、体の芯が甘く痺《しび》れた。

たちまち見たこともなかったこともない、顔も知らない伊太利亜人女性のことは頭からかき消える。一瞬、脳裏《のうり》をかすめた稲尾の存在も霧散《むさん》した。

嫌なわけがない。震えるほど嬉しい。

「髪がまだ濡れていますね。艶《つや》やかで真っ黒で、きれいな髪だ」

鮫島の指が髪を優しく梳《す》く。指先が耳に微かに触れて、びく、と全身が跳ねてしまった。

ちぃと触られただけやのに、恥ずかしい。

耳や首筋が火照った。きっと真っ赤になっている。

「智草さん」

密《ひそ》やかに呼ばれ、伏せていた眼差しを上げる。間近に迫《せま》った鮫島の漆黒の瞳に、燃えるような熱を見つけると同時に、唇を塞《ふさ》がれた。初めての口づけに心臓が跳ね上がる。

東京の画塾へ通っていたとき、塾生に廓《くるわ》に誘われたことがある。手持ちの金がないからと断ったが、本当は女性に興味が持てなかった。だから情交はもちろん、口づけも誰ともしたことがない。思えば稲尾は智草が初めて恋をした相手だった。

柔らかく撫でただけで離れた唇に、あ、と掠《かす》れた声が漏れた。鮫島の熱い吐息に唇をくすぐられて肩が敏感に震える。

その反応が嫌悪《けんお》からくるものではないと察したらしく、鮫島は再び唇を重ねてきた。今度は

撫でるだけでなく、薄く開いた唇から濡れた感触が滑《すべ》り込んでくる。

「ん、ぅん……」

口腔《こうこう》を丁寧に愛撫され、我知らず声が漏れた。恥ずかしくてたまらないし、息がうまくできなくて苦しいが、やめてほしいとは思わない。全身を侵《おか》す甘い痺れに逆らえず、鮫島の肩口の浴衣を握りしめる。

口を吸われるんが、こんなに気持ちええて知らんかった。

息を継がせようとしてくれたらしく、顔の角度を変えられた。わずかにできた隙間から、くちゅ、と互いの唾液《だえき》が混じり合う淫《みだ》らな音があふれる。

「んふ、んっ」

羞恥《しゅうち》と快楽に交互に襲われて身じろぎすると、鮫島の手が浴衣の合わせ目に忍び込んできた。熱くて硬い掌《てのひら》が胸を弄《まさぐ》る。

他人に肌を触れられるのは大人になってからは初めてで、ひくひくと全身が震えた。

「んう、あ、鮫島さん……」

「嫌ですか？　気持ち悪い？」

口づけの合間に尋ねつつも、鮫島は愛撫をやめない。

智草は息を乱しながら小さく首を横に振った。

「や、やない、けど……、だめ……」

「どうして」

「せやかて、僕は、男やから……」

「あなたが男だということは、わかっています。男も女も関係ない。あなたは美しい。僕はあなたに触りたい」

熱っぽく囁いた唇に、再び口づけられた。舌を吸われながら乳首を指先で揉《も》みしだかれる。んん、と喉の奥から甘えたような声が漏れた。

恥ずかしい。怖い。

けれどたまらなく気持ちがいい。

故郷に帰ってきてからは、一度も自慰《じい》をしていなかった。そもそも欲を覚えたことすらなかった。

それがどうだ。触ってもいないのに、覚えのある熱が腰に溜まってきている。

「鮫島さん、鮫島さ……、あ、んん」

気が付けば、背後から覆《おお》いかぶさるように抱きすくめられていた。浴衣の前ははだけ、肩から落ちている。

普段は薄桃色の乳首は、休みなく弄《いじ》られたせいで濃い赤紫色に変化していた。しかも硬く尖っており、ランプに照らされて淫靡《いんび》な影を作っている。

自《おの》ずと腰が揺れた。足指の先が畳《たたみ》をひっかく。下帯の中にある劣情も濃い色に染まり、硬くなっているはずだ。

激しい羞恥を覚えていると、鮫島の手が浴衣の裾《すそ》を割った。指先が敏感な内腿《うちもも》を這う。

「あ、あか、鮫島さん」

力の入らない手で鮫島の腕をつかんで初めて抗《あらが》うと、智草さん、と耳元で低く濡れた声が呼んだ。

「怖がらなくていい」

「けど、僕……、あ、やめ」

尚も奥へと侵入してくる手から逃れようと畳を蹴《け》った拍子《ひょうし》に、裾が大きく開いてしまった。日に焼けていない白い腿が露《あら》わになる。

ランプの仄《ほの》かな明かりを受け、蜜色《みついろ》に光る腿を慌てて閉じようとしたが、間に合わなかった。鮫島の手が下帯を押しのけ、高ぶったものを直《じか》に握る。

他人に触られるのは、もちろん初めてだ。たちまち痺れるような快感が生じて、智草は激しく喘《あえ》いだ。

「は、あ、あぁ」

「もう濡れていますね。熟した果実のようだ。あなたは本当に、どこもかしこも美しくて艶《なま》めかしい」

「いやや、いや」

口では拒絶しながらも、体はもはや逃れようとはしなかった。鮫島に背中を預け、喘ぎながら熱心な愛撫を甘受《かんじゅ》する。

次々にあふれる淫《みだ》らな水音が恥ずかしくて耳を塞ごうと両腕を上げた。そのせいで胸が無防備に外気にさらされる。鮫島は空いた方の手で、赤紫色に染まった乳首を再び弄り始める。

胸と性器を同時に愛撫され、智草は痛みにも似た快感に襲われてのけ反《ぞ》った。

「やっ……、そんな、したら……！」

「出していいですよ」

「けど、僕……、あ、あ」

「淫らなあなたをもっと見たい。出すところを、僕に見せてください」

情欲に濡れた声が耳をくすぐった次の瞬間、強く促《うなが》される。

とても堪《こら》えきれず、智草は濡れた声をあげて極まった。

迸《ほとばし》った白濁《はくだく》が畳の上にぱたぱたと落ちる。腹や内腿がひくひくと痙攣《けいれん》する。

一部始終を鮫島に見られているのがわかった。熱を帯びた視線にさらされ、達したばかりだというのに早くも新たな欲が湧く。こんな風に連続して高ぶるのは、生まれて初めてだ。

「ん、あっ……」

恐れと快感と羞恥に苛《さいな》まれ、震える手で浴衣の裾をかき合わせていると、ゆっくり布団に押し倒された。しゅる、と滑らかな衣擦《きぬず》れの音をたてて帯が引き抜かれる。

「鮫島さん……？」

この先、何をされるのかわからなくて不安で呼ぶ。

智草さん、と掠れた声が呼び返した。

「痛いことはしませんから、じっとしていてください」

背後から長い腕が伸びてきて、やや強引に横抱きにされる。間を置かず、閉じた腿と腿の間に灼熱《しゃくねつ》の塊《かたまり》が差し込まれた。あ、と思わず声をあげると、それはゆっくりと動き出す。

射精の後で過敏になっている内腿を幾度も擦《こす》られ、あ、あ、と止める間もなく声が漏れた。

鮫島の熱い息が耳の後ろをくすぐる。

これ、鮫島さんのや……。

大きくて硬い。それにひどく熱い。触れているところが火傷《やけど》しそうだ。

男である智草に欲情してくれたことが、泣きたくなるほど嬉しい。

鮫島の動きは次第に激しくなった。あまりの熱さに耐えきれず開きそうになる脚を、大きな手がしっかりと固定する。

脚をきつく閉じたせいで鮫島の感触をより鋭敏《えいびん》に感じることになり、否《いや》が応《おう》にも官能が高まった。触れられていないのに、乳首が硬く尖ってくる。反り返った性器からは欲の蜜が次々に滴《したた》り落ちる。

「は、あぁ、あ」

「智草さん、智草さん……！」

鮫島の手が、再び智草の劣情を握った。自《みずか》らの律動に合わせて容赦《ようしゃ》なく愛撫する。

「あ、やっ……！」

一度目より更に感じてしまい、智草はすぐ達した。わずかに遅れて鮫島も絶頂を迎える。感に堪えかねたような低いうめき声が聞こえた。

鮫島が放出したものと己が出したものが混じり合う様を目《ま》の当たりにして、智草は快楽と歓喜に震えた。


固く絞《しぼ》った手拭いで丁寧に後始末をしてくれた鮫島は、智草を抱いて横になった。

初めての強い快感の余韻《よいん》がなかなか去らずにぐったりしている智草に、鮫島は優しすぎるくらい優しく触れた。

「智草さん、あなたに相談したいことがあるのです」

額《ひたい》に口づけて囁いた鮫島に、智草は吐息を落とした。もともと鮫島に抱きすくめられて夢見心地でいたのだ。欲をかきたてる接触ではないが心地好い。

「図譜のことですか？」

「それとは別の話です。今はまだ言えないのですが」

「怖い話ですか……？」

今は言えない、という言葉が気にかかって小さな声で尋ねると、鮫島は密《ひそ》やかに笑った。また額に優しく口づけられ、胸の奥がくすぐったくなる。

「もしかしたら最初は怖いと思うかもしれませんが、何も怖いことはありません。僕を信じてください」

「あなたを、信じてもええんですか？」

「ええ、もちろん」

力強く応じた鮫島は、智草の髪を愛《いと》しげに梳《す》いた。

「明日、一度大阪へ行ってきます。またすぐに戻ってきますから」

「ほんまに、戻ってきますか？」

にわかに不安になって尋ねると、腰にまわっていた腕に力が入り、ぐっと強く抱き寄せられた。驚いて顔を上げた途端、啄《ついば》むように口づけられる。

「ん、う、鮫島さん……？」

「あなたは凛《りん》として美しいだけではなくて、可愛い人でもあったのですね。嬉しい驚きだ」

甘く囁いた唇に、またしても唇を塞がれた。今度は舌を入れられ、しっとり愛撫される。

熾火《おきび》のようにくすぶっていた情欲に火がつきそうになり、智草は身じろぎした。

「ん、だめです……」

「どうして」

「せやかて、僕、また……。明日、学校があるのに……」

「じゃあ、一度だけしましょう」

「けど……」

「一度だけです。僕にもう一度、触らせてください」

鮫島が浴衣の裾を割った。智草の弱々しい抵抗をあっさり退《しりぞ》けた大きな手が、滑《なめ》らかな感触を確かめるように内腿を撫でまわす。下帯をつけていなかったので、鮫島はあっという間に果実にたどり着いた。優しく、しかし淫らに摩《さす》られる。

たちまち痺れるような快感と熱に侵され、智草は鮫島にしがみついた。

気持ちがいい。体が芯から蕩《とろ》けるようだ。

「あっ、あ」

「智草さん、こっちを向いて」

熱い吐息と共に促され、震えながら顎《あご》を上げる。

するとまた噛みつくように口づけられた。口腔を隅々まで愛撫され、劣情を思う様可愛がられる。既に二度絶頂を味わったせいだろう、容易《たやす》く高ぶってしまった。

くちゅくちゅと口からも性器からも艶めいた水音があふれる。止めようとしても止められない。

「は、あ、も……、僕、ぅん……！」

深く口づけられたまま、智草は達した。ほんの数刻前まで誰とも肌を合わせたことがなかった青い体では、とても与えられた快感の強さに耐え切れず、意識を手放す。

鮫島の言う相談が何かはわからない。

しかし、それがどんな内容だとしても応じようと思った。


翌朝、智草《ちぐさ》が目を覚ますと既に鮫島《さめじま》の姿はなかった。智草さん、と声をかけられたような気もしたが、きっと起きなかったのだろう。それだけ初めての快感は強烈で、心地好い疲労を生んだ。

深いため息を落とした智草は、布団の中に鮫島の匂いが残っていることに気付いた。その芳《こう》ばしい香りに包まれて昨夜《ゆうべ》の愛撫を思い出すと、熱心に弄《いじ》られた乳首が痺《しび》れてきた。思う様可愛がられた性器も熱をもった。

これはいけないと慌てて起き出して顔を洗った。そして洋服に着替えると、ちょうどみねがやってきた。

「坊《ぼん》さん、大事ないだすか?」

朝餉《あさげ》の給仕をしてくれているみねに問われ、え、と声をあげる。

みねは心配そうに眉を寄せていた。

味噌汁の器《うつわ》を膳《ぜん》に戻し、微笑《ほほえ》んでみせる。

「大丈夫やで」

「ほんまだっか? なんやぼんやりしてはりますけど、昨日、山へ行かはったお疲れが出たんやないだすか」

「いや、ほんまに平気や。昨夜、ちょっと夜更《よふ》かししてしもたから」

「どうせ鮫島さんがずうっとしゃべってはったんだっしゃろ。やっぱり泊まってもらわなんだらよかった。坊《ぼん》さんが楽しそうにしてはったもんやさかい……。わしが余計なことを言うたばっかりに、すんまへん」

しょんぼりしたみねに、智草は慌てた。

「みねが謝ることやない。僕がもっと鮫島さんと話したいて思てるんを察してくれて、嬉しかった」

「そうだすか……?」

「うん、楽しかったで」

智草は頷いてみせた。鮫島が泊まらなければ、昨夜の情交はなかった。

頬が熱くなったそのとき、外で大きな声がした。猟師の米蔵《よねぞう》の声だ。

思わずみねと顔を見合わせる。

「米蔵さんや」

「又《また》やんと貞吉《さだきち》っつぁんの声もしますな。朝っぱらから何だっしゃろ。ちぃと見てきます」

立ち上がったみねは、素早く外へ出て行った。

我知らずほっと息をつく。少しでも油断すると、昨夜のことを思い出してしまう。

思い出すだけやったらまだええけど、高ぶるんが困る……。

まるで鮫島に体を作り変えられてしまったようだ。

どうにか食事を終え、ごちそうさんでしたと手を合わせたそのとき、坊《ぼん》さん！　坊さん！

とみねが呼ぶ声がした。何事かと急いで表に向かう。

玄関の前には米蔵と又二郎《またじろう》、智草の家の下男の善助《ぜんすけ》、本家の下男の貞吉、そしてみねがいた。

どんよりとした曇《くも》り空の下、そろって険《けわ》しい顔をしている。

「どないしたんですか？」

「坊《ぼん》さん、坊さんのお庭は大事ないだっか」

早口で尋ねてきた貞吉に、智草は瞬《まばた》きをした。

「何もない思うけど、本家の庭がどうかしたんか？」

「親旦那《だんな》さんの盆栽《ぼんさい》が、盗まれてしまいました」

「え、ほんまに？」

「へえ、梅ともみじのやつを盗《と》られました」

真っ青になっている貞吉の後に、善助が続けた。

「本家に泊まってはった多和田《たわだ》さんも、離れに泊まってはった鮫島さんもいてまへん」

更に又二郎が続ける。

「盆栽が盗られたて聞いて、昨日、智草様ともご一緒した場所へ米蔵と一緒に行ってみたんだすが、百合《ゆり》が大量に根ぇから取られてました」

智草は息をのんだ。サッと血の気《け》が引く。

又二郎たちは、多和田と鮫島が盆栽を盗み、山に咲く百合を取ったと思っているのだ。昨日、村にいた余所者《よそもの》はその二人だけである。二人は植木商だ。盆栽や百合を捌《さば》く道筋を知っている。

「鮫島さんはそんなことしはりません！」

気が付けば大きな声を出していた。

又二郎たちは目を丸くする。

「けど坊《ぼん》さん、鮫島さんの荷物も、多和田さんの荷物もあれへんのだす」

遠慮がちに言った貞吉に、智草は焦《あせ》った。

「鮫島さんは、昨日、いっぺん大阪へ戻るて言うてはりましたから……。兄さんか父さんに、何か言伝《ことづて》は？」

口を開いたのは又二郎だ。

「多和田さんはなかったですけど、鮫島さんの書き置きはあったそうです。また戻ってくるて書いてあったそうですが、どこまで本気か……。書くだけやったら、どないなことでも書けますよってて」

「そんな……。けど、梅の盆栽も紅葉の盆栽も、どっちもそれなりに大きいし重いでしょう。枝が折れんように村の外へ運び出すんは難しい。その上、大量の百合まであったら……」

「誰か、盗みに協力する者がおったて考えた方がええだすな。とりあえずわしは、義之介《よしのすけ》様に事の次第をお知らせしてきまっさ」

智草に頭を下げた又二郎は、米蔵と貞吉を伴《ともな》って屋敷の方へ走っていった。

三人の後ろ姿を呆然として見送る。

「多和田さんはようわかりまへんけど、鮫島さんは、そない悪い人には見えまへんだしたけどなあ……」

みねのつぶやきに、善助は無言で頷いた。

我に返った智草も大きく頷く。

「きっと、何かの間違いや」

鮫島は戻ってくると言ったのだ。相談したいことがあるとも言っていた。

僕は、信じてくださいて言うたあの人を信じる。

本家の兄、義之介がまず電報を打ったのは、楠田植木《くすだうえき》の岩佐《いわさ》だ。その日のうちに謝罪と共に、調査中という返信があった。逐一《ちくいち》状況を報告すると添えられていたらしい。どうやら岩佐を含めた楠田植木という会社そのものは、窃盗《せっとう》に関わっていないようだった。

百合はともかく、盆栽が高価だったことから、又二郎は警察に届けた方がいいと兄に進言したらしい。岩佐も通報してくれと言ってきたようだ。

しかし兄は警察には知らせなかった。万が一、盗みの協力者が村人だった場合を考えたのだろう。

人死にが出たわけでも、怪我人が出たわけでもない。昔やったらこれくらいのことは、村の中で解決してきた。警察に訴え出るにしても、もうちぃと後の話や。

数日前からまた神戸へ出かけていて、帰ってきたところだった父は、兄の決定に口を挟まなかったという。

翌日になっても、鮫島からは何の知らせもなかった。

時間が経《た》つにつれて、不安と疑念はどんどん膨《ふく》らんだ。

僕はあの人に、遊ばれただけやったんやろか。

相談があると言ったのは嘘だったのか。絵を褒《ほ》めたのも嘘か。美しいと言ったのも、可愛いと言ったのも。

いや、嘘やなかったはずや。鮫島さんはそんな人やない。

きっと何か事情があるのだ。多和田が鮫島は怪しげな外国人と会っていたと言ったではないか。恩人の危機を救うために金が必要だったのかもしれない。そう、親切にしてくれた伊太利《イタリ》亜《ア》の娘を救いたかったのかもしれない。

いや、そもそも多和田の話を信用していいのか。

鮫島の伊太利亜での話も、はたして本当だったのか。

僕のことは、やっぱり戯《たわむ》れやったんやろか。

結局はそこに考えが戻ってしまい、鬱々《うつうつ》として眠れなかった。

「先生、描けました！」

細い雨が降る校庭をぼんやりと眺めていた智草は、子供の声で我に返った。

目の前に立っていたのは又二郎の息子、満夫《みつお》だ。他の子らは、それぞれ自分の机で絵を描いている。

本当は外に出て風景を描く予定だったのだが、今日は朝から雨だ。仕方なく智草が畑の畦道《あぜみち》でとってきた野萱草《のかんぞう》を、班に分かれて描いてもらうことにした。

差し出された絵には、大きく開いた橙《だいだい》色の花が活《い》き活きと描かれていた。

「ああ、いいですね。野萱草の美しさがよう出てる」

頷いて褒めると、満夫はさも嬉しそうに笑った。かと思うと教室の端の席で絵を描いているマツを振り返る。マツは授業が始まったときから元気がなかったから気にしているのだろう。二人は幼馴染みなのだ。

立ち上がった智草は、一人一人の絵を見てまわった。マツの手許《てもと》も見る。紙の中の橙色の花には、やはり力がない。いつも絵の授業のときは楽しそうにしているのに。

お母さんの具合が悪いんかな。

それとも、体調が悪いのだろうか。

他にやれる仕事がなくて引き受けたとはいえ、仮にも教師だ。自分のことばかり考えていてはいけない。

智草はマツの傍《そば》にゆっくり屈《かが》んだ。マツはハッとしたように体を強張《こわば》らせる。

「マッちゃん、しんどいか？」

「へ、平気だす」

「ほんまに？　無理したらあかんで。しんどかったら言いな」

へえとマツはうつむいたまま応じた。縮《ちぢ》こまった小さな背中を軽く摩《さす》って立ち上がると、満夫と視線が合う。物言いたげな顔だ。満夫に尋ねた方が、マツが元気を失っている理由がわかるかもしれない。

やがて鐘《かね》が鳴り、授業が終わった。廊下へ出ると、満夫が後を追ってくる。

「先生、マツのことで話が……」

「うん。ちょっと向こうへ行こか」

廊下を少し行った、階段の手前で立ち止まる。ここなら声を抑《おさ》えれば、他の生徒たちに聞かれることはない。

「マッちゃん元気がなかったけど、何かあったんか?」

「うちで、何かあったみたいなんだす」

「お母さんの具合が悪いんか?」

「いえ。けど、お母ちゃんとお父ちゃんが喧嘩したみたいで……」

「それは珍しい」

マツの父親の平作《へいさく》は寡黙《かもく》でおとなしい男で、体の弱い連れ合いを大事にしている。二人が喧嘩をしたという話は聞いたことがない。

もっとも、平作は由井《ゆい》家の山で働いているものの、小作人とは違う。村の林業はある程度現場の裁量に任されている。だから村長である兄といえども、各家の詳しい内情までは知らないはずだ。

「マッちゃんのうちで、何か困ったことがあったんかな」

「たぶん……。おっちゃんも、今朝挨拶《あいさつ》したけど返してくれんかったし……。あと、これは関係ないかもしらんけど、なんか朝から木こりの人らが騒いでて、お父ちゃんが仲裁《ちゅうさい》に出かけていきました」

満夫が神妙な顔つきで言ったそのとき、智草、と呼ばれた。

階段を上ってきたのは、羽織袴《はおりはかま》の恰幅《かっぷく》の良い初老の紳士と洋装の小柄な紳士──父、義右衛門《よしえもん》と校長だ。

「満夫君、話してくれてありがとう。僕もマッちゃんのことは気にかけとくさかい」

はい、と安心したように応じた満夫は教室に戻っていった。

木こりたちは何を揉《も》めていたのだろう。マツの父親も関係しているのか。

又二郎と米蔵と一緒にいた平作の顔が思い浮かんだ。四角い顔は土気色《つちけいろ》だったし、いくら寡黙とはいえ、木を疵つけられたというのに静かだった。

嫌な予感がして眉を寄せていると、父と校長が歩み寄ってきた。

「父さん、どうかしたんですか」

「今度ピアノを寄贈《きぞう》することになってな。講堂に置くさかい、床の補強をしてもらうように大工を連れてきたんや」

神戸へ何度も出かけていたのは、母と旅行するためだけでなく、輸入ピアノを見るためでもあったらしい。父は新しい物好きだ。智草が西洋画を習いたいと言ったときも、すぐに先生を見つけてきてくれた。

「鮫島君から連絡はあったか」

父に問われ、首を横に振る。

「今んとこは何も……」

「そうか。鮫島君はおまえと親しいしとったさかい、何か言うてくるか思《おも》たんやけどな」

ふむ、と頷いた父の横で、校長が眉をひそめる。

「鮫島さんから子供らに草花の図譜《ずふ》を見せてくださるお話があって、近いうちに授業をしていただく約束でした。盗人《ぬすっと》がそないな約束をするでしょうか。私にはとても、盗みをするような人には思えませんでした」

校長の言葉に、父はにやりと笑った。

「そうやって信頼さして、油断さすんが目的かもしらんよって」

「鮫島さんは、そんな人やありません」

思わず強く言うと、父は瞬きをした。普段は物静かな智草の思いがけない態度に驚いたらしく、校長も目を丸くしている。

「あの……、校長先生もおっしゃったように、鮫島さんが泥棒をするとは、どうしても思えんのです……」

語気を弱めつつも鮫島をかばったのは、そこに願望が含まれていたからだ。

僕は世間を知らん。

鮫島と話して、そのことを思い知った。しかも、情交の快楽も知らなかった。鮫島が智草を騙《だま》す気だったなら、さぞ御《ぎょ》しやすい相手だっただろう。

けど僕は、鮫島さんを信じたい。

わかった、と父は頷いた。

「まあ、わしも鮫島君が盗人やとは思えん。あれは優秀やし先見《せんけん》の明《めい》もあるが、根は存外単純な男やと見た」

「単純、ですか」

「そや。わしは単純な男は嫌いやない」

ハハハ、と父は豪快に笑った。校長は苦笑している。

「鮫島君から知らせがあったら、義之介に教えたれ」

はい、と智草は素直に頷いた。父と校長が鮫島を悪く言わなかったからか、少しだが前向きな気持ちになる。

知らせ、あるやろか。

あってほしい。どうかありますように。

急いで家へ帰ったのは、鮫島から電報が届いているかもしれないと思ったからだ。もし電報がきたら学校へ知らせに来てくれるよう、みねに頼んでいたが、結局、家へ帰って夕餉をとり始めても電報はこなかった。

「坊《ぼん》さん、おかわりはどないだす？」

「いや、もうごちそうさんです。ありがとう」

みねの心配そうな視線を感じつつ、智草は箸《はし》を置いた。野菜の煮物も川魚を焼いたのも旨《うま》いはずだが、味がほとんどしない。鮫島が姿を消してから、全てが色褪《あ》せて見える。

ため息を落としたそのとき、部屋に面した庭で足音がした。ハッと顔を上げる。

みねは後片付けをするために台所にいる。部屋にいるのは一人だったが、智草は急いで障子《しょうじ》を開けた。

はたしてそこには長身に洋装を纏《まと》った男、鮫島がいた。

「智草さん、ただいま戻りました！」

悪びれる様子もなくニッコリ笑った鮫島に、呆気《あっけ》にとられる。

刹那《せつな》、喜びとも怒りとも安堵ともつかない熱い感情が胸の奥で爆発した。裸足《はだし》のまま庭に飛び降り、鮫島に駆け寄る。

「どこ行ってたんですか！」

「どこって、前にお伝えしたように、大阪へ。書き置きにもそう書いておきましたが」

「そうやのうて！　盆栽が盗られた後、いてへんようになるから……！　鮫島さん、疑われてるんですよ！」

「もしかして、あなたも私を疑っていたのですか？」

悲しげに眉を寄せた鮫島に、今度はカアッと頭に血が上る。

「疑いとうなかったけど、あなたはいてへんようになるし、百合は取られるし……！　あなたは、何の知らせもよこさんし……、僕、僕は……！」

眉間が強く痛んだかと思うと、ぽろぽろと涙がこぼれ落ちた。

大きく目を見開いた鮫島は、慌てたように智草を抱きしめる。

「すみません、僕はまた真相の究明に夢中になって、あなたに心配をかけてしまったようだ。本当にすみませんでした。どうか泣かないでください」

鮫島は真摯に言葉を紡《つむ》いだ。密着した上半身も、背中をくり返し撫でてくる大きな掌《てのひら》も熱い。覚えのある芳ばしい香りに包まれ、体が芯から痺《しび》れた。

ああ、ちゃんと戻ってきてくれた。

その事実を全身で受け止めて、新たに涙があふれてくる。

僕は、この人をほんまに好いてるんや。

「あれ、鮫島さん！」

みねの声が聞こえてきて、ハッと肩越しに振り返る。

「どこ行ってはったんだっか！　や、それよりあんた、坊《ぼん》さんに何しはったんだす！　坊さんを放しなはれ！」

智草が泣いていることに気付いたみねは、手に持っていたしゃもじを振りかざした。

鮫島は左腕で智草の肩を抱き寄せたまま、右手を慌てて振る。

「違います違います！　私は何もしていません！　いや、私の考えが足りないせいで智草さんを傷つけてしまったのですが……、いや、違う、違いますから、それを下ろして！」

みねがしゃもじを構えたまま迫ってきたのだろう、鮫島は頭を振った。一方で、智草の肩は決して離そうとしない。

嬉しくて、けれどまだ不安だ。

いったい何がどうなっているのか、何もわかっていない。

ともかく、鮫島がしゃもじで打《ぶ》たれるのは阻止《そし》しなくては。

「みね、みね。僕は大事ない」

「そやかて坊《ぼん》さん！」

「ほんまや、平気や。鮫島さんは悪《わる》ないから」

鮫島の腕の中で何度も頷いてみせると、みねはようやくしゃもじを下ろした。が、鮫島をにらむのはやめない。

鮫島はどうどうと暴れ馬を宥《なだ》めるように、右手を上下に振った。

「事の次第をお話ししたいのですが、時間がないのです。協力していただけませんか?」

「協力?」

はいと応じた鮫島は、改めて智草を見下ろした。涙で濡れた目許を優しく拭《ぬぐ》ってくれる。

「盆栽を盗んで、百合を乱獲《らんかく》した犯人を捕まえるのです」

「えっ。犯人はまたこの村に戻ってくるんですか?」

「恐らく。どうやら土産《みやげ》が足りなかったらしいのですよ。だからちょっとした餌《えさ》を撒《ま》いてみました」

真面目な口調だが、言葉の意味はさっぱりわからない。智草はきつく眉を寄せた。

「餌て? 土産て何のことですか」

「後で説明します。恐らく今夜、犯人はこの家に忍び込んできます。危ないですから、智草さんとみねさんは本家のお屋敷へ移ってください。事情は岩佐が電報で義之介さんに知らせているはずです。それから又二郎さんと、誰か信頼できる人をこの家へよこしてください。急いで」

「みねには本家へ行ってもらいますが、私はここにいてはいけませんか?」

蚊帳《かや》の外に置かれるのは嫌だ。

ひしと見上げたが、鮫島は首を横に振る。

「いけません。万が一泥棒が暴れたら危ない」

「鮫島さんと又二郎さんだけやのうて、あと何人か男衆《おとこし》に来てもらいますから大丈夫です。私にも見届けさせてください」

　必死で言うと、鮫島は困ったように眉を寄せた。

　脇にいたみねがしゃもじをぶんぶんと振りまわす。

「坊《ぼん》さん、あきまへん、坊さんに何かあったら、亡くなった親旦那《だん》さんに申し訳が立たん。わしと一緒に本家へ行きまひょ！」

「皆いるから大丈夫や。みね、本家へ行って又二郎さんに知らせてくれるか？」

「けど、坊《ぼん》さん……！」

　みねさん、と鮫島がこれ以上ないほど真剣に呼ぶ。

「私が必ず智草さんをお守りします。だから安心してください」

　じろりと鮫島をにらんだみねは、智草に視線を移した。そして再び鮫島に向き直る。

「鮫島さんに言われて行くんやない、坊《ぼん》さんのために行きます。ほな坊さん、くれぐれもお気をつけて。鮫島さん、坊さんを頼みましたで！」

　言うなり、みねは素早く踵《きびす》を返した。しゃもじをしっかり握りしめたままであるところを見ると、内心では相当慌てているのだろう。

「みね、気ぃ付けて！」

　へえ！　と土間の方で応じる声がしたかと思うと、駆けて行く足音が聞こえてくる。

　鮫島は小さく息をついた。

「凄《すご》い迫力でしたね。智草さんのことが本当に大事なんだな。僕もあなたを想う気持ちは負けてはいませんが、肝心《かんじん》のあなたを泣かせてしまったからだめですね」

「そうですね、だめです。反省してください」

精一杯怖い顔をしてみせると、鮫島ははいと神妙に頷いた。そして智草の肩を抱く。

「反省は後でもっとちゃんとします。とにかく中へ入りましょう。あ、智草さん、裸足じゃないですか！」

「今頃何を言うてるんですか。あなたのせいですよ」

「そうでした。すみません」

鮫島は軽々と智草を抱き上げ、縁側に座らせた。足元に跪《ひざまず》き、上着のポケットから手拭《てぬぐ》いを出す。そして躊躇《ためら》うことなく智草の足を手にとった。

「あ、そんな、自分でやります」

「僕のせいですから、やらせてください」

鮫島は智草の汚れた足を丁寧に拭う。こんなときなのに胸が高鳴った。恥ずかしくてたまらないけれど嬉しい。

「盆栽を盗ったのは、恐らく多和田さんです」

ふいに言われて、智草は瞬きをした。

「大阪で岩佐さんに会っていたときに義之介さんから電報が入って、盆栽と百合が盗られたことを知りました。岩佐さんが多和田さんに連絡をとろうとしたのですが、行方がわからなくなってしまって。そのときに出物《でもの》の盆栽があるという情報がまわってきて、それが由井家のものではないかという声があがったのです。昔からの盆栽の愛好家の間では有名な作品だったらしいですね」

「祖父が亡くなった後、譲ってほしいて訪ねてきた人が何人かいました。父はひとつも売りませんでしたが……」

父は盆栽を趣味にしていなかったが、祖父の形見も同然の物を手放せなかったのだろう。祖父によく仕《つか》えていた貞吉に世話を任せた。祖父の死で気落ちしていた貞吉は、盆栽の面倒を見ることで、少しずつ元気を取り戻した。

「それにしても、なんで多和田さんが……」

「楠田植木に不満があったみたいですね。楠田植木では、どんなに売れる花卉《かき》を見つけてきても、給金が特別上がることはありませんから。盆栽と百合を手土産に、他社へ移るつもりだったらしい」

確かに多和田は楠田植木のやり方に不満を持っているようだった。

それにしても、盗みまで働くとは思わなかったが。

「……他の会社は、もっと条件がええんですか」

「見つけた分だけ、売った分だけ報酬をもらえるところもあるようです。当たると大きいですから一攫千金《いっかくせんきん》を狙う人もいます。多和田さんはそういう人が羨《うらや》ましかったのかもしれません」

「しかし盆栽はともかく、百合は今移動させたらあかんでしょう。球根はこれから充実《じゅうじつ》する時期や。多和田さんはそのことをご存じやったはずです。それやのに」

智草の片方の足を拭き終え、もう一方を手にとりつつ鮫島は顔をしかめた。

「へたをしたら、百合は全部枯れてしまうでしょうね。一部だけでも生き残ればいいと思ったのかもしれませんが、花卉を金儲《かねもう》けの道具としか考えていない証拠です。盆栽に関しては、外国人には不評で全く売れないのです。しかし国内では高値で取り引きされているから盗ったのでしょう。ただ、多和田さんは盆栽そのものには詳しくなかった。多和田さんも、多和田さんが持ち込んだ会社も、そこまで有名な作品だとは知らなかったんだと思います。知っていたら、すぐに足がつくものを盗んだりしなかったんじゃないかな」

盆栽が外国人に売れないとは初耳で、智草は驚いた。花とは趣《おもむ》きが異なる盆栽の美しさは、あまりに日本的すぎて理解されないのかもしれない。

「さっき餌を撒いたて言うてはりましたけど、餌て何ですか?」

「この家の庭に、百合以外にも珍しい花があると噂を流したのです。どうやら盆栽を売ることに失敗した会社が、うちに移りたいならもっと何かをよこせと要求したようです。多和田さんは智草さんが園芸に詳しいことを知っていますし、あの百合を育てていたことも知っていますから、引っかかるだろうと思います」

「そしたら、うちに忍び込んで来るんは多和田さんですか？」

「多和田さんかもしれませんし、多和田さんに協力した人かもしれないし、二人で一緒に来るかもしれません」

「一緒に、ですか……」

ええと頷いた鮫島は、拭き終えた智草の足の甲に、おもむろに口づけた。

「鮫島さん……！」

「あ、すみません、あまりに滑《なめ》らかで美しいのでつい」

「ついやないですよ、もう。こんなときに、あなたていう人は……！」

恥ずかしいやら腹立たしいやらで赤くなりつつ、智草は素早く足を引っ込めた。鮫島が接吻《せっぷん》した場所がやたらと熱い。

鮫島が嬉しそうに笑ったそのとき、智草様、と表で又二郎の声がした。

「又二郎さんが来てくれたみたいです。上がってもろたらええですか？」

気を取り直して尋ねると、鮫島も真面目な顔になって頷いた。

「はい、お願いします」

灯《あか》りを消した家の中と、庭に植えられた松の木の陰に分かれて待ち伏せること、約二時間。夜も更けた頃に侵入者はやってきた。

「誰もいないのか?」

「きっと、もう寝てはるんでしょう」

ひとつは多和田の声だ。

もうひとつはマツの父親、平作の声だった。

平作さんが協力者やったんか……!

智草は驚いたが、又二郎と村の男衆は驚いていないようだった。どうやら平作が多和田の協力者だとわかっていたらしい。

「どれだ。この百合か?」

「それはたぶん、山にあったんと一緒やと……」

平作が応じたそのとき、コラァ! と松の傍《そば》にいた男衆が怒声をあげた。それを合図に、待ち伏せていた全員が庭へ飛び出す。

多和田と平作は泡を食って逃げようとした。が、多勢に無勢だ。さしたる抵抗もできず、あっという間に捕まる。

「多和田さん、残念です」

後ろ手を捕縛《ほばく》された多和田に、鮫島は冷たく言った。

多和田は両膝をついた体勢で、鮫島をにらみつける。

「おまえみたいに苦労知らずで、すぐ地元の有力者に気に入られて、次から次に売れる花を見つけてくる運がいい奴には、俺の気持ちはわからん！」

「咲いたばかりの百合を根こそぎ取るような人の気持ちは、確かにわからないですね」

鮫島は怯《ひる》むことなく淡々と言い返す。

多和田は噛みつくように怒鳴った。

「たくさんあるんだから、ちょっとぐらい取ったっていいだろう！」

「そういう考え方をする人が増えたら、どんなにたくさんあったとしても全滅してしまうと、なぜわからないのですか」

「そんなこと、俺が知るか！」

「知ってても知らなくても、あなたはこれから園芸の世界では生きていけない。そんなに広い業界ではないですからね。誰も相手にしませんよ。私がさせません」

鮫島はやはり冷静に言い返す。普段は感情豊かに話す鮫島らしくない態度が、逆に怒りの激しさを物語っていた。鮫島は百合や盆栽を雑に扱ったことが、何より許せないのだ。

鮫島さんの気持ちはようわかる。

けど、僕には多和田さんの気持ちも、ちぃとだけわかる。

己が望んでやまない物を持っている、光り輝く太陽を思わせる男が身近にいるのは、辛いときもあるだろう。

もっとも、だからといって盗みをしていいわけではない。

僕も一歩間違えたら、多和田さんみたいになってたかもしれん。

一方の平作はがっくりと肩を落としていた。平作さん、と智草が声をかけると、その場に崩れ落ちるように土下座する。

「すんまへん、すんまへんだした」

「なんでこんなことしたんですか」

「女房に……、ええ薬を買《こ》うてやりとうて……」

「お金をもらえる約束やったんですか？」

へえ、と平作はうつむいたまま頷いた。

「偶然、山で多和田さんと鉢合《はちあ》わせして……」

「兄に相談してくれたら、力になれたかもしれんのに」

「法外な値ぇの薬や……、ほんまやったら、わしらには分不相応な贅沢品《ぜいたくひん》だす……。ただでさえ世話になってる庄屋さんには、とても言えまへんだした……」

平作は絞《しぼ》り出すように言う。

智草が幼い頃、熱を出す度《たび》、祖父母と両親が様々な薬を買ってきたのを思い出した。男ばかりの五人兄弟の中で、末息子の智草は唯一体の弱い子供だった。なんとか丈夫にしてやりたいと方々手を尽くしていたのだろう。由井家は裕福だから、金に糸目をつけないこともあったはずだ。

せやから、平作さんの気持ちもわかる。

悲しさ虚《むな》しさと、マツを心配する気持ちを抱えつつ、智草は連れて行かれる平作と多和田を見送った。


鮫島《さめじま》が本家の屋敷から智草《ちぐさ》の家へ戻ってきたのは、翌日の夕刻だ。食事も風呂も本家で済ませたらしい。大阪へ行った日からほとんど寝ていないので少し眠らせてくださいと頼まれ、布団を敷いた。鮫島は横になると、すぐに眠ってしまった。

健《すこ》やかな寝息をたてる鮫島の枕元に座った智草は、男を団扇《うちわ》で緩《ゆる》くあおった。みねも善助《ぜんすけ》も帰ったので、この家にいるのは鮫島と智草の二人だけである。

太陽みたいな人やけど、嵐みたいな人でもあるな……。

とはいえ今は静かだ。ランプに照らされた精悍《せいかん》な寝顔は、西洋の彫刻のように凛々《りり》しく美しい。我知らず見惚《みと》れてしまう。

午前中で授業を終えた智草は、学校を休んだマツに会うために平作《へいさく》の家へ向かった。マツは母親と幼い弟と共に、近隣にある平作の兄の家にいた。心細かったらしく、顔を見せると飛びついてきた。朝に校長も心配して訪ねてきてくれたとマツに聞いた。

マツの母親の話によると、平作は木こりたちが共同で飼っている馬を使い、盆栽《ぼんさい》と百合《ゆり》を運んだらしい。木こり仲間と揉《も》めたのは、勝手に馬を連れ出したせいだった。

まだ平作は帰ってきておらず、どういった始末になるかはわからなかったが、とにかく気を確かにもってと励《はげ》ました。平作の兄夫婦がひとまず親子の面倒をみると言ってくれたので、マツに紙と絵の具を渡して帰ってきた。何か描いて先生に見せてくれたら嬉しい。そう言うと、マツは少し笑った。

義之介《よしのすけ》兄さんは、どうするんやろ。

父さんは何を言うたやろう。

警察が来た様子はない。結局、通報はしなかったようだ。

とにかく僕は教師として、マッちゃんと、生徒皆に気を配らんとあかん。

「ん……」

小さくうなった鮫島がゆっくり目を開ける。ぼんやりとした眼差しが智草に向けられた。

「智草さん……」

はいと応じると、鮫島はほっと息をついた。

そのいかにも安心した、といった仕種にじんと胸が熱くなる。

「喉渇《のど》いてるでしょう」

言いながら、智草は起き上がった鮫島に白湯《さゆ》を注《つ》いだ湯呑みを渡した。

一気に飲み干した鮫島は、ふうと大きく息を吐く。

「夢を、見ていました」

「どんな夢ですか？」

「夏の野の繁みに、見たことがない百合が咲いているのを見つけたのです。それはそれは可憐で、息をのむほど美しい百合でした。僕はただ呆然と見惚れていた」

夢見るような口調に、智草は言葉につまった。

夏の野の繁みに咲ける姫百合の、知らえぬ恋は苦しきものぞ。

――ああ、でも、僕の恋は見つけてもらえた。

「智草さん？　どうしたのですか」

驚いた声で問われて、智草はハッとした。

いつのまにか涙があふれていた。次々にはらはらとこぼれ落ちる。

「ご、ごめんなさい。何でもありません」

焦《あせ》って目をこすったものの、鮫島は慌てたように覗き込んできた。

「何でもないことないでしょう。僕がまた何かしてしまいましたか？」

「いいえ、鮫島さんは何も」

「本当に？　僕が何かしたのなら言ってください」

「ほんまに、何も……。ただ、ちょっと、平作さんはどうなるんかなと思《おも》て……。どんな事情があっても、盗みに協力した平作さんは間違《まちご》うてます。けど、マッちゃんのためにも、どうにかうまい解決方法がないかと……」

鮫島の手が肩を抱いた。宥《なだ》めるように背中を撫でてくれる。

「それはきっと、義之介さんと義右衛門《よしえもん》さんが考えてくださいます。お二人はきっと、悪いようにはなさいませんよ」

一度言葉を切った鮫島は、真面目な口調で言った。

「僕も責任を感じているのです。多和田さんは僕を出し抜こうと先まわりをして山に入って、珍しい花卉《かき》を探していた。そのときに偶然、平作さんと鉢合わせしたのです。平作さんははじめ、又二郎さんに知らせようとしたらしい。しかし協力してくれたら金を渡すと言われて黙ってしまった。身弱《みじゃく》に効く良い薬があると吹き込んだのは、多和田さんだったようです。僕が来なければ、多和田さんは来なかった。平作さんには申し訳ないことをしました」

「そんな、鮫島さんは悪うないです。もう江戸の頃とは違う。文明開化の時代が来たからには、田舎の村にも外から変化がもたらされて当然です。嫌でも変化からは逃れられへんのやから、対応していかんとあかん。それに、変化は悪いことばっかりやありません。あなたがここへ来たんも、ご一新《いっしん》の結果ですから」

落ち着いた口調で返すと、鮫島は嬉しそうに微笑《ほほえ》んだ。

「僕がこの村へ来たことを、あなたは良い変化だと思っているのですね。よかった。あなたから、僕をどう思っているのかはっきりとは聞いていなかったから」

「それは……。あんなことを、したんですから……」

淫《みだ》らな愛撫を思い出したせいで頬が熱くなって、智草はうつむいた。

鮫島の手がぐっと肩を抱く。

「智草さん、楠田植木《くすだうえき》で働きませんか？」

「え……？」

思いがけない提案に、智草は思わず顔を上げた。

力強く輝く漆黒の瞳が間近で見つめてくる。冗談で言っているわけではないようだ。

「岩佐さんに相談していたのは、あなたの入社についてです。岩佐さんは、智草さんならぜひ入社してほしいと言っていました。あなたには僕と一緒に日本を巡《めぐ》ってほしいのです。あなたとなら、きっと素晴らしい花卉を見つけられる。もちろん今すぐにとは言いません。学期が終わる七月、それが無理なら来年の七月でもいい。僕と一緒に来てくださいませんか」

かき口説《くど》く物言いに、智草は呆気《あっけ》にとられた。前に鮫島が言っていた「怖い話」は、どうやら智草が楠田植木へ就職する話だったようだ。

「僕に一言もなく、そんなことを相談してはったんですか」

「あなたが承諾してくれた後で相談していては遅いでしょう。安心して来てもらうためには、具体的な展望がないと。あ、もしかして僕と一緒に来るのは嫌ですか？」

鮫島は珍しく恐る恐る尋ねてくる。

あきれたような嬉しいような、それでいて少し怖いような気持ちで、智草は眉を寄せた。

「あなたはやっぱり勝手な人ですね。僕が断るかもしれんて全然考えてなかったでしょう」

「もし断られたら、何度でもお願いしようと思っていました。僕は、あなたと一緒に行きたい。あなた以外は考えられない」

熱を帯びた物言いに、智草はわずかに顎を引いた。

「……アメリアさんは？」

「アメリア？　なぜ今、アメリアが出てくるのです？」

鮫島は心底不思議そうに問う。

「ドメニコさんが困っておられて、あなたに助けを求めて来られたとか……」

「ドメニコには一年以上会っていませんが、商売は順調のようですよ。ああ、そういえば少し前に、ドメニコの会社に勤めている伊太利亜人《イタリア》に会いました。伊太利亜でも何度か話したことがある男で、商談で日本へ来たついでにわざわざ僕を訪ねてくれたのです。昔話に花が咲きました」

鮫島はにこにこと屈託《くったく》なく笑う。

智草は言葉につまった。どうやら鮫島が外国人と親しく話していたのは事実だが、多和田の言うような不穏な話はなかったらしい。

それに、鮫島さんはアメリアさんのことは何とも思《おも》てへんみたいや。

胸に渦巻《うずま》く熱を、智草は小さく息を吐いて逃がした。

鮫島には夏の繁みに咲く百合を見つけてもらった。見つけられた百合が、今更隠れられるはずもない。

「あなたと、一緒に行きます」

パッと眩《まぶ》しいほど顔を輝かせた鮫島に、でも、と続ける。

「マッちゃんが落ち着くまでは行けません。しばらく待ってくれませんか」

「マッちゃんというのは、平作さんの娘さんですね」

真面目な表情に戻って言った鮫島に、はいと応じる。

「これから平作さん一家がどうなるかわかりませんが、僕にできることはしてあげたいんです」

「わかりました。さっきも言いましたが、今すぐでなくていいのです。とにかく、あなたが僕と一緒に来てくだされば」

「行きます。あなたと一緒に行きたい」

改めて言った次の瞬間、ぎゅっと強く抱きしめられた。かと思うと鮫島は英語で何か叫び、智草を抱きしめたまま布団にひっくり返る。

「わっ、危ない」

鮫島に覆《おお》いかぶさる形になって、智草は慌てた。体を起こそうとしたが、腰をしっかりと抱えられていて起き上がれない。

「鮫島さん……！」

「嬉しいです！　ありがとう！」

全開の笑顔で言うなり、鮫島は下から頬に口づけてきた。続けて目許《めもと》や口許にも触れてくる。恥ずかしいのとくすぐったいので首を竦《すく》めたそのとき、唇を塞《ふさ》がれた。躊躇《ためら》うことなく濡れた感触が忍び込んでくる。

「んっ……」

口腔《こうこう》を大胆に探る舌に、智草はおずおずと応えた。接吻《せっぷん》にはまだ慣れない。ぎこちない動きだったが、鮫島にとっては嬉しい反応だったようだ。角度を変えて更に深く口づけてくる。

「うん、ん……」

舌で思う様愛撫されながら体を入れ替えられ、布団に組み敷かれた。

ようやく離れた唇から、甘い吐息が漏れる。まっすぐに見下ろしてくる漆黒《しっこく》の瞳は、情欲に燃えていた。

数日前に初めて覚えた快感が甦《よみがえ》ってきて、じんと体の芯が熱く痺《しび》れる。

「抱いてもいいですか……？」

低く響く声で問われて、はい、と小さく返事をする。

鮫島はわずかに目を眇《すが》めた。

「この前とは違いますよ。あなたの中に、入りたいのです」

「僕の中に……?」

「はい。あなたと深くつながりたい」

智草は頬を染めた。今まで誰とも肌を合わせたことはなかったものの、衆道《しゅどう》の情交については、高等中学校時代に早熟な級友に聞いたことがある。

「鮫島さんが、嫌やなかったら……、してください」

掠《かす》れた声で言うと、鮫島はさも嬉しそうに笑った。

「嫌なわけがない。この前、本当はしたかったのを我慢したのです」

「ほんまですか……?」

「本当です。他にもいろいろ、我慢していることがあります」

甘く囁きながら、鮫島は智草の首筋に唇を這わせた。同時に、浴衣《ゆかた》の合わせ目に手が差し入れられる。

「いろいろ、て?」

乳首を弄《いじ》られて息を乱しながら問うと、いろいろです、と鮫島は熱っぽい声で答えた。その唇は、ずっと智草の肌を味わい続けている。

「でも、今日は全部はしません」

「なんでですか……？」

「したいことが、たくさんありすぎるので」

「そんなに、たくさん？」

「怖いですか？」

濃い色に染まった乳首に口づけられ、智草は身じろぎした。

「少し……。けど、嫌やないです……」

よかった、と囁いた鮫島は、左の乳首を揉《も》みながら右の乳首を口に含んだ。舌先でくすぐるように転がされて上半身が跳ねる。それに気を良くしたのか、ちゅくちゅくと音をたてて吸われた。むず痒《がゆ》いような快感が生まれて、あ、と嬌声《きょうせい》が漏れる。

「あなたのここは、本当にきれいな色ですね。欧羅巴《ヨーロッパ》で見た薔薇《ばら》のようだ」

乳首からわずかに口を離した鮫島が、うっとりつぶやく。

「薔薇、ですか……？」

「ええ。洋薔薇は姿が艶《あで》やかなだけではなくて、香りも格別です。そこもよく似ている」

鮫島は指で愛撫していた智草の乳首を口に含んだ。お気に入りの飴《あめ》を与えられた子供のように、熱心に舐《な》めしゃぶる。

たちまち甘い痺れが生じて、智草は震えた。どういうわけか、数日前に弄《いじ》られたときよりも感じてしまう。

きっと鮫島さんもわかってはる。恥ずかしい。

「やっ……、噛まんといて……」

ん、と鮫島は乳首を甘噛みしながら応じた。が、噛むのはやめない。執拗《しつよう》に愛撫しつつ智草の浴衣の帯を解《と》く。

障害物がなくなるのを待っていたように、鮫島の手が腹をつたって下りた。下帯を難《なん》なく退《しりぞ》け、既に形を変えていた性器を握る。

「あ、あっ」

「ああ、もうこんなに濡れて。やはりあなたは感じやすいのですね」

「そんな……、そんなん、言わんといて」

「どうして。感じやすいのはいいことです」

熱を帯びた声で囁いた鮫島は、骨太な指でゆっくりと、しかし力強く愛撫した。たちまち性器が熱く痺れ、腰が淫《みだ》らに揺れる。

恥ずかしいけれど、たまらなく気持ちがいい。

「は、あぁ、あか、あかん」

「我慢しないで、出していいですよ」

殊更《ことさら》激しく擦《こす》られ、智草は呆気《あっけ》なく極まった。先端からあふれた欲の証《あかし》が己の腹を濡らす感触すら快感になって、腰が艶《なま》めかしく揺れ動く。掠れた嬌声が次々に漏れ出る。

快感の余韻《よいん》に浸《ひた》りつつ智草はぐったりと力を抜いた。が、胸や腹に次々と口づけられ、全身が敏感に跳ねる。

しどけなく開いた内腿《うちもも》も、何度もきつく吸われた。一度達して萎《な》えたものがみるみるうちに高ぶる。

「や、まだ、触らんといて……、鮫島さ、やめ、いやっ……！」

悲鳴に似た声をあげてしまったのは、鮫島が性器に口づけたからだ。

鮫島は高ぶった智草のものを、己の口の中に招き入れる。

「あかん、汚いからっ……」

どうにか引き剝がそうと、智草は鮫島の頭に手を置いた。が、執拗《しつよう》に舐めしゃぶられ、扱《しご》かれて、指先から力が抜けてしまう。

腰が蕩《とろ》けて溶けるかと思うほど気持ちがいい。しかし視線を下ろすと、鮫島のすっきりと整った口に含まれた己の性器が見えて、恥ずかしくてたまらない。

きつく目を閉じた智草は、襲いかかってくる羞恥《しゅうち》と快感に耐えきれずに布団を蹴《け》った。

「ん、んっ、あ、ぁん」

愛撫に合わせて腰が揺れ動くのを、両手で固定されて押さえられた。そうしてくり返し強く吸われて、背中が弓なりに反《そ》る。

「だめっ、放して……！」

必死で訴えたが、鮫島は智草の性器を放さなかった。それどころかよりいっそう激しく扱かれる。

刹那《せつな》、智草は掠れた嬌声をあげて達した。迸《ほとばし》ったものが鮫島に口の中に放たれるのを感じて、あ、あ、と声が漏れる。どうにかして止めようとするが、止められない。

「あかん、あかん……！」

羞恥と快感と罪悪感に襲われて身悶《みもだ》えると、鮫島はようやく口を離した。ほっとしたのも束《つか》の間《ま》、しっかりとした喉仏《のどぼとけ》が上下するのを目の当《ま》たりにしてしまう。

出したものを飲んだのだとわかって、全身が燃えるように熱くなった。

「なん、なんで、こんなん……」

震えながらつぶやくと、鮫島は口許を拭《ぬぐ》った。ランプに照らされた精悍《せいかん》な面立《おもだ》ちに、優しいくせに獰猛《どうもう》な笑みが浮かぶ。

「本当はこの前も、飲みたかったのです。あなたのものは、全部僕のものにしたいから」

「そんな……」

恥ずかしくて申し訳なくて、けれど淫らな喜びも確かに感じる。

僕は全部、鮫島さんのもんなんや。

そう考えただけで、鮫島の口で達したばかりの性器や、思う様吸われた乳首が甘く痺れた。

どこも触られていないのに、みるみるうちに体が高ぶっていく。

どうしよう、止められへん。

初めての感覚に混乱した智草は泣き出してしまった。それがまた恥ずかしくて、両手で顔を覆う。

「ああ、泣かないでください。そんなに嫌でしたか？」

鮫島の焦ったような問いに頷く。が、次の瞬間には首を横に振った。

「嫌じゃなかった？」

「う……、わか、わからへん……」

「気持ちはよかったですか？」

ん、と正直に頷いてしまったのは、鮫島に口で愛撫されて我を忘れるほど気持ちよかったからだ。気持ち悪かったら達したりしない。

「あなたはやはり可愛い人ですね。泣き顔も美しい」

情欲に濡れた声で囁いた鮫島は、おもむろに智草の脚の間に手を入れた。奥に潜《ひそ》む菊座《きくざ》に指を這わせる。

誰も触れたことがないそこは硬く閉じているはずなのに、二度の快感を味わったせいか、幾分か柔らかくなっていた。

「やっ……！」

恥ずかしくて逃げを打った体を、鮫島はすかさず捕まえる。そして間を置かず、強引に蕾《つぼみ》に指を潜《もぐ》り込ませた。自身が放出した欲の蜜《みつ》に濡れていたせいか、それは案外滑《なめ》らかに入り込む。

一方で、智草は経験したことのない息苦しさと圧迫感に襲われた。

「抜いて、抜いてください……！」

「大丈夫、すぐに気持ちよくなりますから」

甘やかす口調で言って、鮫島は更に指を奥へ進めた。あぁ、と堪《こら》える間もなく声が漏れる。

鮫島はすっかり力を失った智草の劣情を優しく撫で摩《さす》りながら、指をゆっくり動かした。内と外を同時にいやらしく弄《いじ》られて、腰が卑猥《ひわい》にくねる。

苦しいのに気持ちがいい。恥ずかしくてたまらない。

「やめ、触らんといて」

「どうして。気持ちいいでしょう」

「いや、いや」

性器を愛撫する鮫島の手を退けようとするが、指先が震えてうまくいかない。そうしている間に内壁が波打ち、鮫島の指を締めつけた。性器からもとろとろと蜜があふれる。

「あ、あう、だめ……！」

快感なのか不快感なのか、どちらとも判別がつかない刺激に苛《さいな》まれ、腰が大きく揺れる。それを待っていたかのように、内側に入っていた鮫島の指がある場所を強く押した。

強烈な刺激が腰を直撃して、掠れた嬌声があふれる。

「ぁあ！　あん！　そこ、あか！」

刺激から逃れようと布団を蹴ってずり上がろうとしたものの、連続して感じる場所を押されてのけ反ってしまう。

「よかった。ここ、気持ちいいんですね」

鮫島はひどく嬉しそうに言いながら、更に指を動かす。またしてもはしたない嬌声があふれて、智草は咄嗟《とっさ》に口を両手で塞いだ。が、鮫島が少しも休まずに指を動かし続けるので、声を止められない。

鮫島の愛撫に応えるように、腰が淫らに揺れた。内壁も激しく波打ち、受け入れた指を締めつけて奥へと誘《いざな》う。

「動いてきましたね。中、蕩けてますよ」

「や、ぁん、も、いや、いやぁ……！」

性器を緩く愛撫され、白濁《はくだく》が滴《したた》り落ちた。しかし出している間も内側を容赦《ようしゃ》なく愛撫され続け、快感の余韻に浸《ひた》る余裕もなく身悶える。

「今、出てる、出てるから……！　も、弄《いら》わん、といて……！」

ぐずぐずと泣きながら訴えると、ようやく指の動きが止まった。ゆっくりと引き抜かれて初めて、指が三本に増えていたことに気付く。

そんなに入ってたんや……。

指を抜かれたというのに、鮫島の愛撫の感触は生々しくそこを占拠していた。まだ弄られているかのように、内壁がきゅうと収縮する。かと思うと柔らかく解《ほぐ》れて綻《ほころ》ぶ。そこだけが意志をもった淫靡《いんび》な生き物に変化したかのようだ。

「あ、や」

どうにか止めようとして腰をくねらせると、両膝の裏を強い力で持ち上げられた。大きく体を開かされたせいで、蠢《うごめ》く菊座が外気に晒《さら》される。

鮫島の熱を帯びた視線がそこを這いまわるのが、はっきりとわかった。

「ああ、きれいです。それに艶《なま》めかしい。咲いたばかりの花のようだ」

「いや、見んといてっ」

両手で隠そうとしたが、それより先に熱く濡れた物があてがわれた。

鮫島さんのや。

歓喜なのか恐れなのかわからない感情が込み上げてきて、あぁ、と智草は声をあげた。

涙で濡れた目で見上げると、鮫島はいつのまにか諸肌《もろはだ》を脱いでいた。引き締まった上半身は汗に塗《まみ》れている。凛々しい面立ちも汗に濡れていた。まっすぐに見下ろしてくる眼差しは、情欲に燃えている。

僕に欲情してくれてる。

そう思った瞬間、菊座が鮫島の熱を愛撫するように狂おしく収縮した。鮫島がきつく眉を寄せる。

「智草さん、入れます」

掠れた声で宣言され、智草は喘《あえ》ぎながら頷いた。

あてがわれていた熱がゆっくりと押し入ってくる。

「あっ、あっ……、いたっ……！」

指とは比べ物にならない大きな物で体を開かれる感触に、息がつまった。

苦しい。痛い。限界まで拡《ひろ》げられた場所が引き裂かれはしないかと怖くなる。

「やぁ……、いや、やめ」

「もう少し、ですから……、がんばって」

「いや、いや」

我知らず引こうとした腰を、しっかりとつかまれた。間を置かず、ぐっと力を込めて貫《つらぬ》かれる。

衝撃のあまりの強さに、智草は高く掠れた声をあげた。宙に浮いていた足指の先が跳ね上がる。

「あっ、は、あぁ」

嬌声なのか喘ぎなのか嗚咽《おえつ》なのかわからない声を漏らすと、鮫島が肉食の獣のようにうなった。

己の内部が鮫島を余すことなく包み込んでいるのがわかる。妖しく波打ち、熱の塊《かたまり》を艶めかしく愛撫している。

物凄く痛いし苦しいけど、僕の体は鮫島さんを受け入れて喜んでる。

荒い息を吐きながら実感したそのとき、じんと胸の奥が痺れた。

そうや。僕は今、鮫島さんとつながってる。

叫びたいような歓喜が湧き上がってきて、智草は激しく喘いだ。内部がぎゅうと鮫島を締めつけ、腰が淫らに揺れ動く。

あ、あ、と甘い声を漏らすと、智草さん、と掠れた声で呼ばれた。

「動いて、いいですか?」

余裕がないだろうに尋ねてくれたことが嬉しくて、智草はこくりと頷いた。

すると、鮫島は待ちかねたように腰を引いた。内壁を引っ張られるような感覚に、ぞくぞく、と背筋が震える。

「は、あぁ……」

ため息のような嬌声があふれた。もう少しで全て抜けてしまう、というところで再び強い力で貫かれる。

「ぁあ、あっ」

奥深くまで一気に押し開かれ、衝撃に顎《あご》が上がった。息をつく間もなく再び引き抜かれ、ひくひくと腹が痙攣《けいれん》する。刹那、感じる場所を押し潰すようにしながら侵入してきた。快感が脳《のう》髄《ずい》に突き刺さり、目の前に火花が散る。色めいた嬌声が喉からあふれる。

鮫島の律動は次第に早くなった。打ちつけてくる激しさも増す。

体が芯から蕩けて溶けてしまうのではないかと思うほど強烈な快感に翻弄《ほんろう》され、智草は身悶えた。

「智草さん、智草さん……！」

愛《いと》しげに、渇望《かつぼう》するように呼ばれて深く突き入れられた次の瞬間、鮫島が達した。腹の中に熱いものが勢いよく放たれる。

「は、あ、んん」

智草は歓喜と快感で身震いした。同時に、自身も達する。

「あ、ぁんっ……」

まだ痺れたようになっている腰を緩く揺すると、ふいに腰と背中に腕がまわった。つながったまま、強引に上半身を引き起こされる。

くらりと目眩《めまい》がして、智草は鮫島にしがみついた。同時に、今し方達したばかりなのに怒《ど》張《ちょう》したままの鮫島の熱が、奥深くまで突き刺してくる。必死で腰を浮かそうとするが、全く力が入らない。

「やっ、深い……！」

「大丈夫ですよ。僕にもっと、あなたを感じさせてください……。あなたも、もっと僕を感じて」

鮫島が宥《なだ》めるように背中を撫でてくる。熱い掌《てのひら》の感触に、背筋がまたぞくぞくと震えた。

次の瞬間、堪えきれずに腰が落ちた。かなり奥まで鮫島に開かれ、色めいた声をあげる。

「あぁ、鮫島さ、鮫島さん……」

鮫島の首筋に縋《すが》りつき、己を貫く愛しい男をくり返し呼んだ。

こんな体勢で、こんなに深くつながることがあるなんて、知らなかった。

世の中にこれほど気持ちがいいことがあるのも、知らなかった。

「智草さん、智草さん」

鮫島も低く掠れた声でくり返し呼ぶ。

耳をくすぐるその声だけでもひどく感じてしまうのに、合間に鮫島を飲み込んだ尻を揉《も》みしだかれ、智草は身も世もなく喘いだ。

「あか、あかん、そんな、したら……！」

「智草さん……！」

下から突き上げられ、甘い悲鳴をあげる。その瞬間、かろうじてつながっていた理性の糸が切れた。感じたままの嬌声が、止める間もなく次から次へとあふれる。

一際激しく揺さぶられ、智草は達した。わずかに遅れて、鮫島が奥深くで欲を放つ。

自分の体が鮫島の体と一つに溶け合ったような感覚に、智草は熱いため息を漏らした。


「外国には、日本にはない美しい草花がたくさんあります。そして日本には、外国にはない美しい花がたくさんある。私はお互いの国の素晴らしい草花を、お互いの国に紹介する仕事をしています」

黒板の前に立った鮫島に、生徒たちは輝く目を向けている。教室の後ろには校長と兄と父、そして岩佐がいた。今日は鮫島の特別授業の日だ。

多和田と平作が捕まってから約一週間が経《た》った。結局、兄と父は警察には届けなかった。しかし多和田は楠田植木を解雇《かいこ》された。楠田植木の社長と、日本草木会《そうもくかい》会長の宇佐美《うさみ》子爵《ししゃく》が手をまわし、二度と園芸界で働くことができなくなったようだ。

最初に又二郎《またじろう》が言っていた山へ入っている不届き者の正体は、やはり多和田だった。鮫島が言っていた通り、鮫島が行こうとしている場所へ先まわりすれば、自分が珍しい草花を見つけられると思ったという。浅はかとしか言いようがない。

一方、平作一家は早々に村を出た。盗みに加担《かたん》していたことを周囲に知られた以上、村では暮らせない。父の紹介で、他県で林業の仕事をするという。マツの母親のために医者も紹介したようだ。

マツには家にあるだけの帳面と絵の具を渡した。たくさん描いて、もしよかったら先生に送ってくれると嬉しい。そう言って頭を撫でてやると、マツは泣き顔に笑みを浮かべた。

「これは図譜《ずふ》といって、外国の花を紹介する本です。早速、外国の花を見てみましょう」

鮫島が大判の図譜を手に持ち、開いてみせる。色鮮《あざ》やかな花の絵に、わあ、と歓声が沸いた。その中には満夫《みつお》の声もある。最後までマツを心配していた満夫は、必ず手紙を書くからと励《はげ》ましていた。

「これは洋薔薇《ようばら》です。主に欧羅巴《ヨーロッパ》で咲いている園芸種です」

花弁が幾重にも重なった鮮やかな花の絵に、きれい、美《うつ》やかや、とあちこちで感心した声があがる。

鮫島は嬉しそうに笑った。嬉々《きき》として花の説明をする男の目の輝きは、生徒らのそれにそっくりだ。

ほんまに、花に関しては子供と同じじゃや。

夜はどうしようもない大人やけど……。

初めて体をつなげた日の翌朝、鮫島はすみませんでしたと土下座せんばかりに謝った。なぜなら、激しい交わりのせいで智草がなかなか起き上がれなかったからだ。

あなたがあまりに可愛らしくていじらしくて、信じられないほど淫《みだ》らで色っぽくて、そんなあなたとつながることができて嬉しくてたまらなくて、夢中になってしまった。すみません。

頭を下げつつも、精悍な面立《おもだ》ちは甘く笑み崩れていた。

決して一方的に抱かれたわけではない。己自身も鮫島との情交に溺《おぼ》れた自覚があった智草は、恥ずかしくてそっぽを向いた。愛撫され尽くした乳首や菊座が腫《は》れて火照《ほて》ったままだったのも恥ずかしくて、耳や首筋が燃えるように熱くなった。

鮫島と交わっていた間、稲尾《いなお》を全く思い出さなかったことに、そのとき初めて気が付いた。振り返れば、その前からほとんど思い出さなくなっていた。

僕はほんまに、鮫島さんを慕《した》てるんや。

鮫島とは、あれから一度も体を重ねていない。最初に無茶をした鮫島は、智草の体を相当気遣っているようだ。が、口づけは鮫島が訪ねてくる度《たび》、ほとんど毎日している。鮫島とする濃密な接吻《せっぷん》は、本当に気持ちがいい。鮫島の愛撫で淫らにほどけることを覚えてしまった体に火がつかないようにするのが大変だった。

やがて授業を終えた鮫島は、生徒らに図譜を渡した。生徒らは輪になって美しい花の絵を眺める。

その様子を楽しそうに見つめながら、鮫島はこちらに歩み寄ってきた。

「皆、喜んでくれていますね」

「はい。ありがとうございます」

「いいえ、私も子供たちに図譜を見てもらいたかったですから。それに、もうすぐあなたを連れて行ってしまいますから、罪滅ぼしのようなものです」

マツが村を離れたので、智草は学校を辞めて楠田植木に就職することを決めた。今学期が終わった後、九月から働くため、この村にいるのはあと一ヵ月ほどだ。その間、出来損《そこ》ないの無気力な先生を受け入れてくれた生徒たちと、できるだけ一緒にすごすつもりである。

寂しいけれど、新しい生活への期待もある。なにしろこれから鮫島と共に暮らし、日本中を巡るのだ。

「由井《ゆい》先生、この花は村に咲いてる花と似てますね！」

「鮫島さん、これは何ていう花だすか？」

口々に尋ねられ、鮫島と顔を見合わせる。

嬉しげに輝く瞳に微笑み返して、智草は鮫島と共に生徒らに歩み寄った。

昼も夜も愛しいあなた

秋の花には、控え目ながら凛《りん》とした美しさがある。

霜《しも》に負けない瑞々《みずみず》しい青紫色が目を引く竜胆《りんどう》。

小さな黄色い花がたくさん集まって咲くのに、なぜか派手さはなく、おとなしげな印象の女郎花《おみなえし》。

しなやかな枝に、紅紫色の細やかな花をいくつも咲かせる萩《はぎ》。

自《みずか》らが描いた花々を見下ろし、由井智草《ゆいちぐさ》は頬が緩《ゆる》むのを感じた。

どの花も、凄《すご》くきれいやった。

命の力強さが感じられる鮮《あざ》やかな夏の花も好きだが、秋の花もまたいい。

上手く描こうとか、誰かに認められようとかを一切考えず、ただ目の前にある命を描くのは、ひたすら楽しい。暇さえあれば絵筆を握っていた幼い頃を思い出す。夢中になりすぎて、気が付けば日が西に傾いていることもしばしばだ。そろそろ帰りましょうと声をかけてもらって、ようやく我に返る。

ともあれ声をかけてくれるその人も、隙あらば花卉《かき》の観察に没頭《ぼっとう》してしまう。そのため、薄暮《はくぼ》の中、二人して慌てて宿泊先へ戻る羽目になるのだ。

ときには笑い合い、ときには手を取り合って夕暮れの田舎道を歩くのは、絵を描くのとはまた別の楽しさがある。とはいえ、このところ随分と日が落ちるのが早くなった。

これからは日が高いうちに帰るようにせんと。

うんと一人頷いて絵をトランクにしまっていると、きしきしと廊下を歩いてくる足音が聞こえてきた。街道沿いにある宿の奥の部屋へ戻ってくるのは、共に泊まっている同僚で恋仲の、鮫島輝直《さめじまてるなお》だけだ。

スッと障子《しょうじ》が開いたかと思うと、長身に浴衣《ゆかた》を纏《まと》った男が現れた。

くっきりとした二重《ふたえ》の瞳が細められ、精悍《せいかん》な面立《おもだ》ちに輝くような笑みが広がる。

「智草さん、お先にお風呂いただきました」

自然と笑顔になりつつはいと応じると、鮫島はすぐ傍《そば》に膝をついた。

そして畳《たたみ》の上にまだ何枚か散らばっていた絵を手にとる。

「やはりあなたが描く花は美しいですね！　咲いている花を、そっくりそのまま紙に閉じ込めたかのようだ」

「そうですか？　よかった」

村を出て楠田植木《くすだうえき》の社員となり、鮫島と共に日本中を巡《めぐ》るようになって約一年が経《た》った。

鮫島は初めて智草の絵を見たときと少しも変わらず、言葉を惜しまずまっすぐに感想を述《の》べる。楠田植木の社員たちや顧客《こきゃく》に褒められるのはもちろん嬉しいが、鮫島に褒められるのは、何よりもくすぐったくて誇《ほこ》らしい。

鮫島は絵を手にしたまま、智草を見下ろしてニッコリ笑った。

「リチャードにあなたの絵を見てもらいましょう。図譜《ずふ》に載せていない絵がたくさんあると手紙に書いたら、ぜひ見せてくれと返事をよこしてきました。ああ、このほととぎすはきっと彼の好みだ！　白地に紫の斑点《はんてん》が上品ですね」

リチャード・フィッチは、楠田植木と取り引きのある英吉利《イギリス》の大きな商社の社員だ。明後日《あさって》、はるばる英吉利から日本へやってくる。鮫島は楠田植木に入社後、渡英《とえい》したときに会ったことがあるらしい。

楠田植木が扱う花卉だけでなく、図譜そのものが大層《たいそう》気に入ったらしいフィッチは、画家のユイサンに会いたいと言ってきた。その要望を受け、智草は鮫島と共に横浜港まで彼を出迎えに行くのだ。

楠田植木の社員のほとんどは元植木屋である。花卉には詳しくても、外国や外国語には通じていない。広告を担当している岩佐《いわさ》は大きな商家の出で欧羅巴《ヨーロッパ》への留学経験もあり、英語を話すが、そんな社員は少数だ。そのため今回に限らず、英語が堪能《たんのう》で西洋の実情に詳しい鮫島と、簡単な英語の読み書きができる智草が、商談に同席することがある。

「フィッチさんは花卉だけやのうて、日本文化にも精通しておられるそうですね」

絵をトランクにしまいながら言う。

それを手伝いつつ、鮫島はええと頷いた。

「特に着物に興味があるようですよ。パリ万博《ばんぱく》で流行したジャポニズムの影響もあるのでしょう、ご尊父《そんぷ》が日本から持ち帰られた着物がお宅にあって、繊細《せんさい》な美しさに魅せられたそうです」

フィッチの父親は鉄道技師で、技術指導者として日本政府に雇《やと》われた所謂《いわゆる》「お雇い外国人」だったそうだ。三年ほど日本に滞在して鉄道技術を教えていたという。

「お雇い外国人」であったため、外国人の行動に制限がかけられていた時代でも内地を自由に動きまわれたらしく、日本について息子にあれこれ語って聞かせたらしい。日本に好意的だった父の影響で、フィッチは親日家となった。日本語もある程度話せると聞くが、フィッチ自身には来日経験がないそうだ。

「その理屈で言うと、あなたにも魅せられるかもしれないな。あなたは美しいから」

大きな手で優しく頬を包まれ、瞬《まばた》きをして精悍な面立ちを見上げる。

熱を孕《はら》ませた漆黒《しっこく》の瞳がまっすぐ見つめ返してきて、頬が熱くなった。

恋仲になって一年以上が経つが、鮫島の一途《いちず》な態度は少しも変わらない。脇目もふらずに愛してくれる。

「僕はあなたが称賛するほど美しくありません。そんなことを思うのは、あなただけです」

温かな手から逃れたくはなくて、しかし視線を合わせるのは恥ずかしくて、智草は目を伏せた。

すると、そっと目許《めもと》に接吻《せっぷん》される。

「本当に、僕だけならいいのですが」

甘く囁いた鮫島に顎《あご》を持ち上げられ、今度は唇を啄《ついば》まれた。

あ、と小さく声をあげると、肩を抱き寄せられる。

間を置かずに再び唇を塞《ふさ》がれた。すかさず濡れた感触が歯列《しれつ》を割る。

「ん、ん……」

喉《のど》の奥から甘えるような声が漏れた。数えきれないほどこうして口内を愛撫されてきたのに、深い口づけには一向に慣れない。

鮫島が呆《あき》れていないか不安になって、上手にできんでごめんなさいと謝ったのは三月《みつき》ほど前のことだ。鮫島は一度は大きく見開いた目を、さも愛《いと》しげに細めた。

謝る必要も、気にする必要もありませんよ。あなたはあなたのままでいい。むしろ僕は、慣れないあなたが、あなたらしくて好ましい。

僕らしい？　と首を傾《かし》げて見上げると、ええと鮫島は大きく頷いた。

あなたは本当に可愛い人だ。

熱っぽく囁いた唇に、貪《むさぼ》るように口づけられた。

「んう、あ、鮫島さ……」

鮫島の手がシャツの中に忍び込んできて、智草は喘《あえ》いだ。

「僕、お風呂、まだやから……」

「知っています。後で連れて行ってあげますから」

情欲に掠《かす》れた声で答えた鮫島は、智草の乳首を指先でつまんだ。

口づけられたことで既に硬く尖っていたそこは、甘い痺《しび》れを振りまく。

「あっ、だめ」

逃れようと上半身を捻《ひね》るが、鮫島の指は胸から離れなかった。

長い腕に絡《から》め取られて耳に口づけられる。そのまま耳殻《じかく》を甘噛みされ、ぴく、と全身が跳ねた。体が芯から熱くなり、たちまち抗《あらが》う力が失われる。

そもそも本気で嫌なわけではないのだ。鮫島に抱きすくめられて触られるのは、智草にとってこの上ない喜びである。

「やぁ、いや……」

快感に震えながら言葉だけ抗うと、鮫島は耳に口づけたまま尋ねてきた。

「嫌ですか?」

「明日の朝、一番に、宿を出るのに……」

「ええ、わかっています。ですから触るだけ。あなたを可愛がるだけです。入れませんから。ね?」

耳に直接注がれた熱っぽい囁きに、今日まで鮫島の欲を幾度も受け入れてきた体の奥が熱く痺れた。

ああ、僕はなんてはしたない。

入れないと言われたことで、逆に入れられる想像をしてしまった。そしてその想像だけで、淫《みだ》らな気持ちになる。

我知らず漏れた甘い吐息は、鮫島の唇に奪われた。


横浜港が開港したのは、三十年あまり前のことだ。

ご一新《いっしん》の前から外国人居留地だった横浜には、明治を二十五年数えた今も、外国の商社が多く建ち並んでいる。外国人向けの店やホテルも多い。明治五年に新橋と横浜の間に鉄道が開業したことで、東京との往来《おうらい》が容易《ようい》になり、日本の商人たちも集まってきた。かつて小さな半農半漁の村だったとは到底《とうてい》思えない賑《にぎ》わいである。

リチャード・フィッチを出迎えるために横浜港へ向かったのは、智草と鮫島、そして楠田植木の社長である楠田貞蔵《さだぞう》だ。

楠田は、もとは農商務省《のうしょうむしょう》の役人だという。自らが花卉の輸出入を手掛けたいと、楠田植木を設立したそうだ。

「やあやあ、長旅ご苦労だった!」

恰幅《かっぷく》の良い体を洋装に包んだ楠田は、船から降り立ったフィッチとがっちり握手をした。

「クスダサン、お出迎え、ありがとございます」

なかなか流暢《りゅうちょう》な日本語で応じたフィッチは、金髪碧眼《へきがん》の大男だった。

楠田より胴回りがかなり太い上に、長身の鮫島よりも遥かに背が高い。東京の画塾に通っていた頃に外国人と話した経験はあるものの、これほど大きな男を間近で見るのは初めてだ。外国人が行きかう港にあっても目立っているから、きっと欧米人の中でも大きい男なのだろう。三十一歳だと聞いているが、もっと年上に見える。

フィッチは鮫島とも握手をかわした。白い歯を見せて笑った鮫島は英語で話しかける。フィッチも楽しそうに応じた。

鮫島は今日、いつもの洗いざらしのシャツとズボンではなく、仕立ての良い背広を身につけている。凛々《りり》しい面立ちに中折れ帽がよく似合っており、スラリとした立ち姿は人目を引く。

いつもの鮫島さんも素敵やけど、今日の鮫島さんは特別男前や。

智草も洋装だが、身長がそれほど高くないのと上半身に厚みがないため、どうしても貧相《ひんそう》な印象になってしまう。

我知らず己《おのれ》の愛しい人に見惚《みと》れていると、フィッチがこちらに視線を移した。

「あなたがユイサンですか！　はじめまして」

ハッとして見下ろした先にあった右手も大きい。

山を臨《のぞ》むようにフィッチを仰《あお》ぎつつ、智草はおずおずと右手を伸ばした。

「はじめまして。由井智草と申します」

智草の手を両手でしっかりと握ったフィッチは、今日の晴れ渡った空を思わせる水色の瞳で見下ろしてくる。ニカ、と大きな口が笑った。

「ユイサンの絵、素晴らしいですね！　とても美しい」

「え、あ、ありがとうございます」

「妻もあなたの絵、とても気に入っています。図譜を持って帰ったら、朝から夜まで、ずっと見てました。今回、日本でユイサンに会うと言ったら、羨《うらや》ましいって」

「そうですか。光栄です。奥様に、お礼を申し上げてください」

微笑《ほほえ》んで応じると、鮫島が肩に手を置いてきた。

「リチャードの奥方は、花卉に限らず美しい物に目がないのですよ」

「そう、ワタシと同じ！　クスダサン、良い画家を見つけましたね」

脇にいた楠田に、フィッチが声をかける。

楠田はニッコリと笑みを浮かべた。

「鮫島が見つけてきたんだよ。頗《すこぶ》る評判が良くて、花はいいから図譜だけを買いたいと言ってくる人もいる」

「えっ、そうなんですか」

初耳だったので、智草は瞬きをした。

そうなんだよと楠田は鷹揚《おうよう》に頷く。

「しかしミスター・フィッチ、由井は画家であると同時に、花卉に精通したれっきとした楠田植木の社員だ。英語もできるし、うちの商品でわからないことがあったら、何でも聞いてくれたまえ」

ぽん、と楠田にも肩を叩かれ、智草は頬が熱くなるのを感じた。

価値がないと言われ続けた自分の絵を求めてくれる人がいるのが嬉しい。そして、花卉に詳しい社員だと楠田に認めてもらえていることも嬉しい。

我知らず脇にいる鮫島を見上げると、切れ長の目が優しく見下ろしてきた。

鮫島さん、僕の嬉しい気持ちをわかってくれてはる。

そして鮫島自身も心から喜んでくれている。

じんわりと胸が温かくなった。

「さあ、ホテルへ案内しよう。今日はともかくゆっくり休んでくれたまえ。ミスター・フィッチは酒は好きかな」

「ええ、好きです。国ではウィスキーをよく飲みます」

楠田とフィッチが並んで歩き出したのに従い、鮫島と肩を並べる。

「社長も酒好きだから、馬が合いそうですね」

悪戯《いたずら》っぽく言った鮫島に、ええと笑って頷いたそのとき、賑やかに行きかう人たちの狭間《はざま》に見覚えのある顔がよぎった。

思わず足を止めると、視線を感じたらしく相手も立ち止まる。落ちくぼんだ目が見開かれた。中折れ帽子をかぶった洋装の男は、かつての姿より痩《や》せて見えた。顔が土気色《つちけいろ》なのは、長い船旅のせいか、船酔いのせいか。

間違いない。男の名は稲尾宗二郎《いなおそうじろう》。

画塾に通っていた頃の、智草の想い人だ。

「智草さん？　どうかしましたか」

同じく立ち止まった鮫島が声をかけてくると同時に、稲尾は笑みを浮かべた。

胸の奥が微《かす》かに疼《うず》く。――痛みと気付かないほどの、ほんのわずかな痛みだ。

「由井じゃないか。久しぶりだな！」

人ごみをかき分けて歩み寄ってきた稲尾が声をかけてくる。

智草は反射的に笑みを返した。突然すぎて現実味がない。

しかし目の前に立った稲尾は、夢でも幻でもなく本物だった。

「横浜で会うとは思わなかった。大阪にいるんじゃなかったのか？」

「あっ、うん。雇《やと》てくれはった会社が横浜の会社やったんや。今日は、英吉利人のお客さんを出迎えに来てて……」

故郷を出て一年、稲尾とは手紙のやりとりを続けていた。ただ、楠田植木に勤めてからは全国あちこちを飛びまわっているため、手紙の受取先は大阪の実家のままにしている。手紙がある程度溜まってから、横浜の楠田植木に送ってもらっているのだ。そのせいで、稲尾は智草が横浜の会社ではなく、家から通える大阪の会社に就職したと思っていたのだろう。

ちなみに横浜に滞在しているときは、鮫島が借りている小さな一軒家に居候《いそうろう》している。

「元気そうでよかった。今、学校は休みなんか？」

気を取り直して尋ねる。先月にきた手紙には、帰国するとは書いていなかった。

「留学して二年、一度も帰国していなかったから、無性に日本の食べ物が恋しくなってな。我慢できずに帰ってきてしまった」

「そうか。もう二年になるんやな……」

ああと頷いた稲尾は、智草から鮫島に視線を移す。

鮫島はやりとりを見守っていたようで、稲尾をじっと見つめていた。

あ、鮫島さん、稲尾と初対面や。

「あ、あの、稲尾、こちら、同僚の鮫島さん」

手で傍《かたわ》らに立つ鮫島を示すと、当の鮫島が一歩前に出た。

「鮫島輝直です、はじめまして。由井さんと同じ画塾に通われていた稲尾さんですね」

いきなり名前を言い当てられ、稲尾は瞬きをした。

「はい。稲尾宗二郎です。はじめまして」

「伊太利亜《イタリア》に留学されている優秀な方だと、由井さんに伺っています。お会いできて光栄です」

ニッコリと笑みを浮かべた鮫島は、稲尾に向かって右手を差し出した。

力強い物言いと動作に、稲尾が圧倒されているのがわかる。

握手をかわす二人を、智草はまじまじと見つめた。

鮫島を初めて見たとき、稲尾とそっくりだと思った。

しかし今、目の前にいる鮫島と稲尾は少しも似ていない。目鼻立ちそのものは同じ系統だが、全体の印象が全く違う。

鮫島は迷いなくひたむきに描いた、勢いのある筆使いを思い起こさせる。

対して稲尾は、くすんだ暗い色で塗り固めた油絵のようだ。船旅の疲れを差し引いても、かつての輝きが感じられない。

身も心も鮫島を恋い慕《した》っているから、そう思うのだろうか。

「稲尾、山之内《やまのうち》先生に会いに行くやろう?」

画塾の教師の名前を出すと、稲尾は瞬きをした。

智草を一瞬見た後、なぜか視線をずらす。

「ああ、そうだな」

「僕も画塾を辞めてから、一回もお会いしてへんのや。よろしく伝えといてくれ」

「ああ、わかった」

頷いた稲尾は曖昧《あいまい》な笑みを浮かべた。

その笑みの下から影が滲《にじ》み出ている気がして、心臓がぎゅっと縮《ちぢ》んだような錯覚に陥《おちい》る。

——この影を、僕は嫌というほど知ってる。

懸命に努力しても、誰にも認められない苦しみ。

たった一人、暗い場所に取り残されたかのような絶望。

「鮫島、由井」

楠田が呼ぶ声が聞こえてきた。

フィッチと楠田がこちらを向いて立っている。

すみません、今行きます！　とよく通る声で応じたのは鮫島だ。

「智草さん、そろそろ」

「はい。そしたら、僕らは行くな。伊太利亜へ戻る前にまた会おう」

ああと頷いた稲尾をその場に残し、智草は鮫島と共に駆け出した。

背中に視線を感じる。立ち去らずに見送っているようだ。

振り返って手を振ろうかとも思ったが、やめた。

否、やめたというよりも、できなかった。

智草が硬い表情をしているのに気付いたのだろう、鮫島がちらとこちらを見下ろしてくる。

気遣う眼差しに、智草は少し笑って頷いた。

稲尾にあんな影を見るなんて……。

正直、驚いた。信じられない。

共に画塾で学んでいた頃の稲尾は、静かな自信に満ちていた。落ち着いていて穏やかで、暗い影など微塵《みじん》もなかった。先月届いた手紙の内容を思い出してみても、変わった様子はなかったように思う。それまでと変わらず、日々の暮らしについて生き生きと綴《つづ》られていた。

とはいえ画塾を辞めて以降、稲尾以外の画塾生とも教師とも連絡をとっていない。

稲尾が伊太利亜でどんな暮らしをしているか、稲尾の手紙以外に知る術《すべ》はない。

――もしかしたら、悩んでることを僕には知られとうのうて、わざと何も書かへんかったんかもしれん。

智草は稲尾への手紙に、仕事で花卉の図譜の絵を描いていると綴った。草花を描くことは楽しいし、やりがいも大いに感じている。

しかし、画家になれなかった事実は揺るがない。

そんな落伍者《らくごしゃ》に、自分も同じ立場だなんて到底打ち明けられまい。

それから三日後、智草と鮫島はフィッチが泊まっているホテルへ向かった。

輸出用に育てられている花卉や庭木だけでなく、日本に自生している草花が見たいというフィッチの要望に応《こた》えるためだ。野草については、かつて植木屋だった社員たちより、普段から山野を歩きまわっている鮫島と、百姓の家で育った智草の方が詳しい。少し歩いて山手《やまて》の方にも出かける予定である。

ホテルに戻った後、智草の絵を見せることになっているので、トランクに何枚か入れて持ってきた。とはいえそのトランクは今、僕が持ちますと申し出てくれた鮫島が提《さ》げている。

「僕も英吉利でリチャードにあちこち連れて行ってもらったのですよ。欧羅巴をまわっていた頃に英国にも滞在しましたが、生憎《あいにく》冬だったのです。道端の草花はほとんど観察できなかった。リチャードに案内してもらった春の英吉利は、本当に美しかったです」

よく晴れた秋の空の下、鮫島は弾《はず》むように歩きながら楽しげに話す。今日は洗いざらしのシャツにズボン、パナマ帽子という、いつもの格好だ。

横浜は他の街とは違い、比較的洋装の人が多い。そんな中にいても、均整のとれた長身の鮫島は、やはり日立つ。

「フィッチさんも、日本の野草を見るのを楽しみにしておられますね」

「ええ。日本の春や夏はもちろん美しいですが、秋もまた美しいですから、リチャードもきっと気に入ると思います！　草藤《くさふじ》、葛《くず》、現証拠《げんのしょうこ》、智草さんが描いていた女郎花、どれも秋の野に咲く花ですよね。山手に行けば岩沙参《いわしゃじん》、雁草《かりがねそう》、野紺菊《のこんぎく》、海辺には磯菊《いそぎく》もある」

鮫島は指折り数えてニッコリと笑った。

智草も思わず笑顔になる。

稲尾と偶然会った日、智草は物思いに沈みがちになったが、鮫島は何も聞かなかったし、言わなかった。智草の様子を見て、敢えてそうしてくれたのだと思う。

鮫島の包み込むような優しさを全身で受け止めて、次第に気持ちが前向きになった。

僕が沈んでても仕方あらへん。

稲尾が話したくないと思っているのに、無理矢理聞くわけにもいかないだろう。

いつか、話したくなったときに聞く。

それが友として、智草が稲尾にできる唯一のことだ。

――友。友か。僕は稲尾を友と思てるんや。

稲尾と対面したときに微《かす》かな痛みを感じたのは、懐古《かいこ》の気持ちがあったからだ。もはや恋《れん》情《じょう》は消えている。

そのことに気付かせてくれたのは、他ならぬ鮫島だ。

「どうかしましたか?」

パナマ帽越しにじっと見上げると、鮫島は首を傾《かし》げて覗き込んできた。

艶《つや》やかな黒い瞳に滲《にじ》む慈《いつく》しみに、胸が熱くなる。

僕は、この人が好きや。

「鮫島さん、ありがとうございます」

「ん？　何がです？」

「僕を、見つけてくれて」

はにかみながらも、きちんと伝えたくて言うと、鮫島は驚いたように瞬《まばた》きをした。

次の瞬間、精悍な面立ちに太陽のような笑みが広がる。

「お礼を言うのは僕の方です。偶然、村を訪れただけの僕と一緒に来てくださって、ありがとうございます。毎日あなたと一緒に過ごせて、僕は本当に幸いだ。今日までの人生で、今ほど充実している時間はありません。こんなにも大切で、愛《いと》おしいと思う人は、後にも先にもあなただけです」

　こちらが伝えた以上のたくさんの想いが返ってきて、今度は智草が驚いた。

鮫島はいつも心の内を率直に伝えてくれる。それらの言葉が智草の力になり、鮫島への思慕《しぼ》を深める一因になっている。

そんな中でも、真摯《しんし》な口調で綴《つづ》られた今の言葉は特別に嬉しい。

目の奥がツンと痛くなった。

「僕も……。僕も、あなたといられて幸せです」

涙がこぼれそうになるのを堪《こら》えて微笑《ほほえ》むと、鮫島は滑稽《こっけい》なほど慌て出した。

「え、どうしました？　僕が言ったこと、嫌でしたか？」

「まさか。幸せやて言うたでしょう」

「でも、あなたが泣いているから」

「これは、嬉し涙です」

「本当に？　前にも言いましたが、僕はひとつのことに夢中になると、他が見えなくなるのです。あなたが嫌がることはしたくない」

相当焦《あせ》っているのだろう、いつもより身振り手振りが大きくなっている鮫島に、智草は思わず笑った。村で盆栽《ぼんさい》が盗まれる騒動があったとき、智草が泣いたことが心に残っているらしい。

あのときは確かに、黙っておらんようになった鮫島さんも悪かったけど、もう気にせんでもええのに。

「本当に嬉し涙ですよ。さっきあなたが言うてくれたことで、嫌な言葉はひとつもなかった。全部、嬉しかったです」

目許《めもと》を拭《ぬぐ》いつつ頷いてみせると、鮫島はようやく笑顔になった。

「それならよかった！　これからも、僕が何か仕出かしてしまったときにはちゃんと言ってくださいね」

「わかりました」

「きっとですよ」

「ええ、きっと」

念を押してくる鮫島に笑って応じると、ちょうどフィッチが泊まっているホテルにたどり着いた。洋風の建物が多いこの街中でも目立つ、煉瓦《れんが》造りの洒落《しゃれ》た建物だ。

「このホテルですね。行きましょう」

ニッコリ笑った鮫島と肩を並べてホテルへ入る。

内装も完全な西洋風の造りだった。靴を履《は》いたままでいるのも西洋風だ。天井は高く、置いてある調度品は全て外国製らしい。

智草は鮫島と共に、豪奢《ごうしゃ》な長椅子がいくつか並べられた広間へ向かった。フィッチとはこのゆったりとした場所で待ち合わせをしているのだ。

しかし、まだ大柄な英吉利人の姿は見えなかった。

鮫島が胸ポケットから懐中時計を取り出し、時刻を確認する。

「もう少し時間がありますね。座って待っていましょうか」

はいと頷いた智草は、広間に入ってきた一人の男に目をとめた。

「稲尾……？」

なんでここに……。

稲尾の実家は東京にある。汽車に乗れば、横浜から東京までは一時間くらいだ。帰国した当日は長旅の疲れもあって横浜に泊まることもあるだろうが、もう三日が経《た》っている。とうに家に帰ったものと思っていた。

改めて見ると、稲尾はかなりやつれていた。港で会ったときと同じで顔色が良くない。背中を丸め、うつむき加減で歩いているので、せっかくの洋装が台無しだ。

稲尾も智草に気付いたらしい。ほんの一瞬、目が合う。

しかし稲尾は再びうつむき、中折れ帽を深くかぶり直した。まるで智草がそこにいないかのように、足早に広間を横切る。

「あ……」

智草は小さく声を漏らしたものの、稲尾を追いかけることはしなかった。覚えているよりも頼りなく感じられる背中が、ホテルから出て行くのを黙って見送る。

目が合ったのは間違いない。稲尾はロビーにいるのが智草だとわかったはずだ。

それなのに避けた。会釈すらしなかった。

「あれ、稲尾さんでしたね」

隣に立って、同じく稲尾を見送っていた鮫島がつぶやく。

「追いかけなくてよかったんですか？」

気遣う物言いに、はい、と智草ははっきり返事をした。深く息を吐いて鮫島を見上げる。

くっきりとした二重《ふたえ》の瞳が、心配そうに見下ろしてきた。

「今は、ええです」

「本当に？」

「ええ。何か事情があって、話しかけられんかったんかもしれません。それに、これからフィッチさんに横浜の野草を見ていただくんでしょう。僕の絵も見ていただきたいし」

微笑んでみせると、鮫島はほっと息をついて頬を緩めた。

ちょっと動揺したけど、僕が揺らがんといられるんは鮫島さんのおかげや。

改めて笑みをかわしたそのとき、テル、ユイサン、と呼ばれた。

金髪碧眼《へきがん》の大男がのしのしと歩いてくる。

「やあ、テル、今日はありがと」

フィッチは鮫島とがっちり握手をかわした。双方とも慣れた仕種だ。

智草に向き直ったフィッチはペコリと頭を下げる。

「ユイサンも、ゴゥ、ソー、クロウ、おかけしました」

片言で言われて、ふふ、と智草は笑ってしまった。

「難しい日本語をご存じですね」

「足に、クロウをかける。日本語も、日本人の考え方も、おもしろいです。あ、テル、それに入ってるのはユイサンの絵?」

「ああ、そうだ。出かける前に見るかい?」

「見る、見ます!　座ろう、テル!　ユイサン、座って!」

子供のようにはしゃぐフィッチを真ん中にして、長椅子に腰かける。

帽子をとった智草は、鮫島に手渡されたトランクを膝の上に載せた。蓋《ふた》を開ける仕種を、フィッチが宝物を見せてもらう子供のような眼差しで見守っている。

そないに楽しみにしてくれてはったんか。

くすぐったい気持ちで、画板《がばん》に挟んでおいた絵をフィッチに渡す。

「どうぞ。図譜には載せてへん絵です」

「オゥ！　ありがと、ありがと！」

フィッチは智草が描いた絵に目を落とした。

数日前に描いたばかりの竜胆、女郎花、萩。

春や夏に描いた猫柳《ねこやなぎ》、野薊《のあざみ》、母子草《ははこぐさ》、蕗《ふき》、仏座《ほとけのざ》、小昼顔。

冬に描いた千両《せんりょう》、唐橘《からたちばな》。

主に楠田植木では扱わない、山野に自生する花卉の絵を選んで持ってきた。

紙をめくる度《たび》、フィッチは青い目を輝かせる。顔を寄せて近くで見たかと思うと、遠くにかざして眺める。

そうして一枚一枚をじっくり見つめた後、ふいに顔を上げたフィッチは英語で何かをまくしたてた。顔中が笑み崩れているので、褒《ほ》めてくれていることは伝わってくるが、早口でよく聞き取れない。

戸惑っていると、フィッチの向こう側にいた鮫島が訳してくれた。

「あなたの絵は本当に素晴らしい。これらは全て日本で普通に見られる花なのですか、と尋ねています」

「ああ、はい。どれも道端や野山で見られる花です」

鮫島が英語でフィッチに伝える。

大きく頷いたフィッチは、再び絵に視線を落とした。もう一度じっくり眺めた後、野薊と女郎花、萩の絵を上に持ってくる。それらを指さしつつ、再び早口で何かを言った。キモノ、ファブリック、キョート、という言葉をかろうじて耳が拾う。

本格的に通訳をしようと思ったのだろう、鮫島が椅子から立ち上がり、智草とフィッチの正面に跪《ひざまず》いた。

しかしフィッチは鮫島ではなく、智草に向かって言いつのる。かと思うと、あ！　と何かを思いついたような顔をした後、上着のポケットから写真を取り出して見せてきた。

そこには、黒髪の美しい女性が写っていた。どうやらフィッチの妻らしい。

更に早口でまくし立てられ、智草は困惑した。

「え、と……。すんません、もうちょっとゆっくり……」

フィッチが焦《じ》れたように鮫島を見る。

頷いた鮫島は智草を見上げた。

「リチャードは、あなたの絵を着物にしたいと言っています。既に京都にある呉服店に楠田植木の図譜を送って、ある程度話をつめているそうです。呉服店の方も乗り気だそうですよ」

鮫島が訳してくれた内容に、え、と智草は声をあげた。

思いもかけない申し出に驚く。

いや、でも、フィッチさんは着物がお好きなんやった。

ご一新で、徳川《とくがわ》将軍家や各大名に手厚く保護されていた絵師たちの多くが職を失った。中には糊口《ここう》をしのぐため、陶器《とうき》の絵付けや染織品の下絵を描く仕事に就《つ》いた者もいると聞く。

かつての絵師が着物の下絵を描くのは、今や珍しくも何ともない。むしろ下絵を採用された着物が高値で取り引きされれば、へたな画家より名を知られることもありうる。

「でも……、私が画塾で学んだんは、西洋画やし……。それに、画塾では少しも認められんかって……。芸術とは言えんて、先生が……」

口ごもると、智草さん、と優しく呼ばれた。

跪いた鮫島がまっすぐに見上げてくる。

「リチャードは、あなたの絵を気に入っているのです。芸術であるかどうかは関係ない」

「鮫島さん……」

「彼はあなたの絵を英国に持ち帰って、テキスタイル……、織物や刺繍《ししゅう》にしたいとも言っています。リチャードの奥方はメアリーというのですが、メアリーは智草さんの花の絵をドレスやカーテン……、窓にかける布地ですね、それらにできたら、どんなに素敵だろうと言っていたそうです。あなたの絵を、日々の暮らしの中で楽しみたいと。リチャードはその願いも叶えたいのですよ」

智草さん、と鮫島はまた呼んだ。今度は力強い声だった。

「芸術のように、鑑賞の対象にはならないかもしれません。画家として名を知らしめることにもならないでしょう。しかしメアリーのように、あなたの絵を身近に置きたいと望んでいる人がいるのです。想像してみてください。英吉利のご婦人が、あなたの絵が描かれたドレスを着ているところを。あなたの絵が描かれたカーテンが揺れる窓辺を」

先ほど写真で見たばかりの黒髪の美しい女性が、萩が描かれたドレスを身につけている。鮮やかな紅紫の花は、料理を作り、裁縫《さいほう》をし、本を読み、手紙を書き、おしゃべりをしながら散歩をする彼女に、そっと寄り添う。

開け放たれた窓から入ってくる、緩やかな風に揺れるカーテン。そこに描かれているのは女郎花だ。慎《つつ》ましやかな黄色い花は、リチャードとメアリーの暮らしを優しく見守る。

なんと温かく、幸せな光景か。

「僕には、リチャードとメアリーの気持ちがよくわかります。芸術としての絵画はもちろん素晴らしいですが、暮らしの中に置いておきたい絵というのも、また素晴らしいのではないでしょうか」

真摯に言った鮫島を、智草はただ見つめ返した。

智草を励《はげ》ますようにニッコリ笑った鮫島は、フィッチに英語で話しかけた。

大きく頷いたフィッチは智草に向き直った。

「ユイサンの絵を借りられるように、クスダサンには、ワタシから話します。キョートのゴフクヤさんとの契約書も、用意します。ぜひ、考えてください」


りー、りー、と虫が鳴く声が聞こえてきて、智草は庭の方へ耳を傾けた。

少しずつ秋が深まってきたようだ。

前回、鮫島が借りているこの一軒家に滞在したときは、まだ夏のはじめだった。鮫島と一緒にいるようになってから、毎日が楽しくて新鮮で、時間が経つのが早い。

虫の声以外、聞こえてくる音はなかった。夕餉《ゆうげ》と風呂の用意をしてくれた通いの女中はとうに帰ったので、家にいるのは鮫島と智草だけだ。鮫島は今、台所でもらい物の柿《かき》を剥《む》いてくれている。

文机《ふづくえ》の前に座った智草は、自分が描いた花の絵を眺めた。

ランプに照らされた花は昼間に見るのとは違い、誰かが見ている穏やかな夢の中で咲いているようだ。指先でそっと花弁《かべん》を撫でる。

画塾に通《かよ》てた頃には、こういう風には描けんかった。

目の前にある命を、ただ描きたい。

その純粋な思いが、今の絵に表れているのだ。

今日の昼間、フィッチを案内している間もそうだった。道行く人が気にもとめない野草が、この上なく美しく見えて、描きたい気持ちが湧き上がってきた。

フィッチも道端に咲く秋の花に目を輝かせていた。途中、民家の庭先に山茶花《さざんか》の蕾《つぼみ》を見つけたフィッチが鮫島にあれこれ質問していると、声を聞きつけた家主《やぬし》が出てきた。和装の年配の男性だったが、さすが横浜の御仁《ごじん》、金髪碧眼のフィッチを見てもそれほど驚いた様子もなく、庭を案内してくれた。その後、お茶をご馳走《ちそう》してくれて、帰り際には庭にたくさん生《な》っていた柿も持たせてくれた。

フィッチさんが日本語を流暢《りゅうちょう》に話さはるのには、さすがに驚いてはったけど。目を真ん丸に見開いた老人の顔を思い出して、ふふ、と思わず笑う。

すると、智草さん、と優しく呼ばれた。

部屋に入ってきた鮫島が、こと、と文机に皿を置く。白い陶器《とうき》の皿に、やや茶色を帯びた橙色《だいだいいろ》の柿が目に鮮やかだ。

「あ、ありがとうございます」

「どういたしまして。少しつまみ食いしましたが、甘くて美味《おい》しかったですよ」

言いながら、瀬島は背後から抱きしめてきた。

「何か嬉しいことがありましたか？」

既に慣れ親しんだ男の芳《こう》ばしい匂いに全身を包まれ、我知らずため息が漏れる。

「昼間のご隠居さんの驚いた顔を思い出して」

「ああ、リチャードが日本語を話すことだけではなくて、大福《だいふく》を食べたのにもびっくりしておられた」

「美味しい美味しいいて、三つも食べておられましたもんね」

「柿も結局、三つ食べていましたね」

ははは、と笑った鮫島は、智草の手許《てもと》にある絵に目をとめた。

「リチャードの話、迷っていますか？」

腹にまわった逞しい腕に手を添え、いえ、と首を横に振る。

「迷《まよ》てません。お話、受けようと思います」

「そうですか！　よかった！　リチャード、喜びますよ。僕も嬉しい」

鮫島が頭に頬ずりをしてきた。

甘えられているようで、実は甘えさせてもらっているのがわかる。

じわりと胸が熱くなった。

「フィッチさんの申し出、ほんまに嬉しかったです。僕の絵を気に入ってくださったフィッチさんの奥様にも、感謝してます。こんなことがあるなんて、また絵を描いてよかった。鮫島さ

さんのことですね？」


んのおかげです」

「私は何もしていません。智草さんの絵が素晴らしかったからですよ」

肩越しに覗き込んできた鮫島が、こめかみに柔らかく口づけてくる。

「リチャードの申し出のことで迷っておられるわけではないのなら、気になっているのは稲尾さんのことですね？」

智草は思わず鮫島を振り返った。

優しい瞳が間近で見つめてくる。

ふ、と力が抜けた。広い胸に背中を預けると、鮫島はしっかり抱き止めてくれる。

「稲尾はたぶん、伊太利亜であんまりうまいこといってへんのやと思います」

「手紙にそういうことが書いてあったんですか？」

「いいえ、何も。けど、僕にはわかります」

稲尾が智草を避けたのは、恐らく弱っている自分を見せたくなかったからだ。

帰国を秘密にしていたのに、思いがけず智草に会ってしまったことも、気持ちを沈ませたのかもしれない。

うーん、と鮫島がうなる。

「複雑です」

「え、何がですか？」

「智草さんが、稲尾さんの気持ちをわかっていることが、です。正直、おもしろくない」

拗《す》ねたような声が、智草さん、と呼んだ。

「それは、稲尾さんを慕《した》っている、という意味ではないですよね？」

は？　と智草は頓狂《とんきょう》な声をあげてしまった。

再び振り向くと、鮫島がじっと見つめてきた。主人に置いてけぼりにされた犬のような風情《ふぜい》に、自然と笑いが込み上げてくる。

珍しく下がっていた鮫島の眉尻が、更に下がった。

「なぜ笑うんですか」

「あ、ごめんなさい。鮫島さんが可愛らしいて……」

「可愛らしい？　僕がですか？」

目を丸くした鮫島に、すんませんと慌てて謝る。

「嫌でしたか？」

「初めて言われましたが、少しも嫌じゃないですよ。智草さんに可愛いと思われるのは良い気分です」

ニッコリ笑った鮫島は、智草の頭に口づけた。再び頬を頭に擦《こす》りつけてくる。

くすぐったくて幸せで、胸がいっぱいになった。

「さっきの僕の質問に答えてくださいませんか？　稲尾さんのことは何とも思っていないんで

すよね？」

「もちろんです。稲尾は友人です」

「でも、以前は気になっていたでしょう」

「それは、まあ……。そういうときもありましたけど……」

「やっぱりそうだったんだ……」

顔を見なくても、鮫島の眉が再び下がったのが気配で伝わってきた。

稲尾を密《ひそ》かに慕っていたことは、鮫島に話していない。しかし鮫島は、何かを感じ取っていたようだ。稲尾にまだ気持ちがあるのではと考えて嫉妬している。

腹にまわった腕を、智草は優しく摩《さす》った。

「今は……、いえ、もう随分と前から、僕にはあなただけです」

「本当に？」

不安げに問われ、智草は返事をするかわりに体ごと鮫島に向き直った。

想像通りの、拗ねた子供のような表情がそこにあった。

湧き上がってきた愛しさのまま、すっきりとした形の良い唇に自分の唇を押しつける。

驚いたように瞬きをした鮫島だったが、すぐにさも嬉しそうに笑った。

こつ、と額と額が合わさる。

「可愛いのは、僕じゃなくてあなただ」

愛しげに囁いた唇に、そっと口づけられた。

嬉しくて快《こころよ》くて、何度しても足りなくて、浅い接吻をくり返す。

次第に唇が深く重なった。口内を隅々まで愛撫され、ん、んう、と喉の奥から甘い声が漏れる。混じり合った互いの唾液《だえき》が淫《みだ》らな水音をたてた。

もっとしてほしい。もっとしたい。

気が付けば、鮫島の首筋に両の腕をまわしていた。背中や腰を撫でまわした鮫島の熱い手が、乱れた浴衣の裾《すそ》を割る。

内腿《うちもも》を這う指先の感触に、ぴく、と肩が揺れたせいで口づけが解《ほど》けた。

細い糸でつながった互いの唇から、色めいた吐息が漏れる。

燃えるような情欲を映した瞳がひたと見つめてきた。

「明日は休みです。優しくしますから、今日はあなたの中に入ってもいいですか？」

密《ひそ》やかな問いかけに、智草は素直に頷いた。

「入れてください……。あなたがほしい……」

瀬島を欲する気持ちが、はしたないと恥じ入る気持ちをいとも簡単に凌駕《りょうが》して、甘くねだる。

く、と鮫島が喉を鳴らした。腰にまわっていた腕に力がこもる。

「あまり、煽《あお》らないでください。手加減できなくなる」

「手加減なんか、せんといてください……。僕を、あなたで、いっぱいにして……」

「智草さん……！」

刹那《せつな》、噛みつくように口づけられた。唇を激しく貪《むさぼ》られながら、乱暴に畳《たたみ》に押し倒される。

熱を帯びた素肌を弄《まさぐ》られ、智草は歓喜と快感に震えた。

鮫島さん、いつもと違う。

いつもは情熱的ではあるものの、己の欲を剝き出しにすることはない。

しかし今の鮫島は、獰猛《どうもう》なまでの欲を隠そうとしない。

「あ、あーっ……！」

荒々しい愛撫で智草の体を解いた鮫島は、一息に奥深くまで入ってきた。身につけていた浴衣と下帯《したおび》は、とうにはぎ取られている。剝き出しの両脚を難なく割り広げられ、くり返し強く突かれた。

「は、あっ！　あん、んん」

色を帯びた嬌声《きょうせい》を、鮫島は己の唇で塞《ふさ》いだ。食べられてしまうのではないかと怖くなるほど、口内を容赦《ようしゃ》なく犯されながら、ますます激しく突かれる。

卑猥《ひわい》な水音に耳まで犯され、智草は身も世もなく乱れた。

溶ける、全部、つながってるとこから、溶けてしまう。

抜かずに幾度も最奥《さいおう》を潤《うるお》される。同時に劣情を激しく愛撫され、智草自身も幾度も極まった。

鮫島が放った淫水《いんすい》と己の淫水で、下半身がどろどろになっている。いつのまにか全裸になっていた鮫島の腹や胸も同じだ。その卑猥な有様《ありさま》に更に欲情して、腰が扇情的《せんじょうてき》にくねった。

「あ、もう、僕、無理です……、こない、何回も……」

「まだですよ、智草さん。まだ、これからです」

情欲に掠れた声が告げたかと思うと、ぐったりと力の抜けた体を俯《うつぶ》せにされた。

濡れそぼって綻《ほころ》んだ菊座《きくざ》を、骨ばった指が容赦なく拡《ひろ》げる。

つい今し方まで鮫島を受け入れていたそこが、淫靡《いんび》に口を開くのを感じたその瞬間、背後から貫《つらぬ》かれた。固く大きな灼熱《しゃくねつ》の塊《かたまり》に蕩《とろ》けきった内壁《ないへき》を擦られ、悲鳴に近い嬌声があふれる。

「あぁ、あかっ……、も、かんに、堪忍《かんにん》、して……！」

思う様揺さぶられながらすすり泣くと、だめです、やめません、と鮫島はうなるように答えた。

「僕は、優しくすると言ったのに、あなたが煽ったんですから……」

深い場所を執拗《しつよう》に突かれ、悲鳴のような嬌声をあげてしまう。

「ああん！　そんな、奥……、だめ、鮫島さ……！」

「輝直、と呼んでください」

「てる、てるなおさ、あぁ、あかん、もう……！」

「腰が、揺れていますよ、智草さん……。中も、凄《すご》く動いてる……。気持ちいいんですね、嬉しいな……。ほら、もっと、もっと気持ちよくなって……！」

体内にある快楽の地を容赦なく蹂躙《じゅうりん》され、智草は背を反《そ》り返らせて喘いだ。焼け焦《こ》げてしまいそうなほど熱くなった体に追い打ちをかけるように、雷《かみなり》にも似た強烈な快感が直撃する。

「やぁあ！　あん！　だめぇ……！　いく、またいっ……！」

刹那、これ以上はもう出ないと思っていた性器から、淫水ではない透明な蜜《みつ》が噴き出した。初めての痺《しび》れるような快感に、あっ、あっ、とひっきりなしに嬌声が漏れる。頭の中は真っ白で何も考えられない。

快感の余韻《よいん》にひくひくと震える体を、鮫島が抱きしめてきた。

「上手に出せましたね……。あなたは本当に可愛くて、たまらなく色っぽくて、とびきりいやらしい人だ……」

興奮に掠れた低い声が耳元で囁く。

鮫島に幾度も欲を注《そそ》がれた腹が熱く燃えて、智草は淫靡な獣《けもの》のように艶《なま》めかしく啼《な》いた。


楠田植木《くすだうえき》との商談を終えたフィッチは、京都へ向かった。

彼の手荷物の中には、智草《ちぐさ》の絵と契約書があった。楠田が図譜《ずふ》に載せていない絵だけではな

く、図譜に載せている絵も着物にしていいと許可を出したのだ。

ありがと、ユイサン！　必ず、良い物にします！

横浜港から大阪へ向かう船に乗ったフィッチは、甲板《かんぱん》から満面の笑みで手を振った。

「友禅《ゆうぜん》の世界は独逸《ドイツ》から化学染料が入ってきたこともあって、一部では大量生産化と機械化が進んでいるらしい。新しいことに挑戦しようとする空気があるから、フィッチさんの提案も受け入れられたんだろうな」

うんと満足げに頷いたのは、智草と鮫島《さめじま》の直接の上司である岩佐《いわさ》だ。

西欧で日本の花が描かれたドレスが人目につくようになれば、花卉《かき》そのものの宣伝になります。ぜひフィッチさんの提案を受けましょう。

そう楠田に進言したのは岩佐である。図譜に載せていた百合《ゆり》や花菖蒲《はなしょうぶ》、紫陽花《あじさい》の絵も契約の対象に入れたのは、それらが楠田植木の売れ筋で、なおかつ売りたい花だったからだ。

「岩佐さん、友禅のことまでようご存じですね」

「友人に繊維《せんい》関係の仕事をやっている男がいるんだよ。彼がそういう話をしていたのを覚えていたんだ」

ニッコリ笑った岩佐に、そうなんですか、と智草は感心して頷いた。

周囲にいる元植木屋の社員二人は、わしにはようわからん、という顔をしているものの、岩佐を疎《うと》んではいない。広報や契約、新規事業の展開等については専門外だから、完全に岩佐に任せているのだ。

港の近くにある楠田植木の建物は、洋風の立派な木造建築である。山手《やまて》の方へ少し行けば、会社が所有している広い植物園があり、楠田を含め、輸出用の草花の世話をしている社員たちはほとんどそちらで仕事をしている。今日、智草は書類の作成があったので会社に出社したが、鮫島は朝から植物園に出向いており、ここにはいない。

「由井《ゆい》君の描いた花卉の友禅が西欧で売れるようなら、うちから直接繊維産業に出資してもいいな。内地向けに売り出すことも考える余地がある」

岩佐は外国製の万年筆をくるりとまわし、ペン先を智草に向けた。

「けど内地やと、日本の花卉を描いた着物は珍しくも何ともないですよね。それに、優秀な絵師の方が着物の世界へ流れてはるから、私の絵では売れへんのでは……」

「絵師の絵は、基本が日本画だろう。君の絵は西洋画だから、同じ花を描いていても趣《おもむき》が違う。不思議な異国情緒があるから、西欧で人気だと言えば買う人は大勢いるよ。そうだ、これから西洋風の家が増えるだろうから、フィッチさんが英吉利《イギリス》で作るテキスタイルを輸入するのもいいな。庭に植える花卉と一緒に売るんだ」

岩佐はまたうんうんと頷く。頭の中では次の事業展開がくり広げられているのだろう。

さすが商家の出の人や……。

楠田植木は営利団体だ。国益はもちろん大事だが、それ以前に、会社として利益を上げなくてはいけない。そのことを岩佐はちゃんと心得ている。

商機を逃《のが》さず、大勢に買ってもらえるように工夫をこらし、売り上げを伸ばす。

東京の画塾に通っていた頃にも、大阪の実家で子供たちに絵を教えていた頃にも、縁のなかった世界である。

世の中の広さを知ることができたのは、鮫島のおかげだ。

――僕に淫《みだ》らな喜びを教えたんも、鮫島さんやけど。

一昨日《おととい》の濃密な情交が脳裏《のうり》に浮かんで、智草は慌てて頭を振った。

あかん。思い出すのやめ。今は仕事中や。

「出来上がりが楽しみだな、由井君」

岩佐に声をかけられ、あ、はい、と慌てて頷く。頬だけでなく耳まで熱い。

コンコンコン、と素早く扉が叩かれた。

「ただいま戻りました！」

入ってきたのは洋装の鮫島である。智草と目が合うと、整った純白の歯を覗かせて微笑《ほほえ》む。

爽《さわ》やかな笑みには、一昨日の夜の獰猛《どうもう》な獣のような表情は欠片《かけら》もない。

「岩佐さん、これ、今日の郵便物です」

「おう、ありがとう。ご苦労様」

岩佐に封筒を渡している鮫島を、智草は思わずにらんだ。

僕をあないに淫らにしたくせに。

恨めしいような、その一方で愛《いと》しくてたまらないような、複雑な感情が湧く。

幾度も激しく交わったせいで動けなくなった智草を、かいがいしく世話してくれたのもまた鮫島だ。智草が照れと羞恥《しゅうち》からぶっきらぼうになっても、終始上機嫌だった。

ずっとしたかったことができて嬉しいですと言われて、智草は首を傾《かし》げた。

したかったこと、ですか？

ええ。あなたに、新しい喜びを味わってほしかった。

淫水《いんすい》でも小水《しょうすい》でもない何かを出してしまったことを言われているとわかって、にわかに不安になった。

あれは、僕の体がおかしいなったんやないんですか……？

恐る恐る尋ねると、鮫島は熱を帯びた眼差しで智草を見つめ、ぎゅうと強く抱きしめてきた。

少しもおかしくないですよ。あなたが僕を、身も心も深いところまで受け入れてくれた証《あかし》です。あなたが次も上手にできるように、僕もがんばります。

「由井さん、大阪からですよ」

智草の傍《そば》に寄ってきた鮫島が、大きめの封筒を差し出す。

「ありがとうございます……」

鮫島とのやりとりを生々しく思い出していた自分が無性に恥ずかしくて、智草はうつむき加減で受け取った。

差出人は実家の兄だ。智草宛てに届いた郵便物を転送してくれたらしい。

ちょうど書類の作成が終わったところだったので、封筒を開けてみる。

中には長兄《ちょうけい》からの手紙、満夫《みつお》からの手紙、マツからの手紙、大阪の商家へ婿《むこ》入りしている三番目の兄からの手紙、そして同じ画塾に通っていた男、日下《くさか》からの手紙が入っていた。

日下は西洋画から彫刻に転向し、彫刻家として活動しながら画塾でも指導している。

珍しい。稲尾《いなお》とはずっと手紙のやりとりをしているが、日下をはじめ、他の塾生たちとは疎《そ》遠《えん》になっていた。

日下の名前が書かれた封筒を取り出し、おもむろに開封する。

隣に腰かけた鮫島が見つめているのを感じつつ、智草は文字を追った。己《おのれ》の近況や画塾の近況が綴《つづ》られた後、稲尾と共に伊太利亜《イタリア》へ留学した塾生、橘《たちばな》の名前が出てきた。

橘が伊太利亜で行われた展覧会で、特別賞を受賞したという。

「え、凄《すご》い……！」

橘は稲尾と並んで画塾の教師たちの評価が高かった。世界的な芸術の揺籃《ようらん》の地でも認められるなんて、素晴らしいことだ。橘にもともと才能が備わっていたのは間違いないだろうが、相当な努力をしたに違いない。

智草は手紙を読み進めた。

ついては橘が一時帰国するので、かつての画塾生たちで祝賀会を開く予定である。都合がよければ、その会に顔を出さないか、と書いてあった。日付は来週の日曜だ。

最後まで読んだが、稲尾の名前は一度も出てこなかった。

緩《ゆる》んでいた頬が、自然と固くなる。

――ああ、稲尾のあの影は、これが原因か。

もし稲尾が賞を受賞したり、絵が売れたりすれば、手紙に書いてきただろう。

しかし稲尾の手紙には、展覧会の話すら出てこなかった。もちろん、橘が賞をとったことも書いていなかった。

「どうかしましたか?」

ハッとして顔をあげると、鮫島が心配そうに見つめてきた。

「あ、いえ……。同じ画塾で学んでいた友人が、伊太利亜の展覧会で賞を受賞したと……」

「それはめでたい! ――そのご友人は、稲尾さんではないのですね?」

瞬時にだいたいの事情を察したらしい鮫島に、無言で頷く。

うつむくと、背中を優しく撫でられた。

必死で努力したのは恐らく稲尾も同じだが、橘は評価され、稲尾は評価されなかった。

日本では同等に評価されていただけに、余計に堪《こた》えたのではないか。

どんなに苦しかっただろう。どんなに辛《つら》かっただろう。

祝賀会は、東京のホテルで盛大に行われた。

帰国したばかりの橘を中心に、かつて画塾で共に学んだ元塾生、十数人の他、現役で学んでいる生徒が十数人、そして画塾の教師、画家、画商も集まっている。

恐らく来ないだろうと思っていた通り、稲尾の姿はなかった。

今頃どうしてるんやろ……。

家に帰っているのか、まだホテルに泊まっているのか。

祝賀会に出席する智草を、鮫島は横浜の停車場まで送ってくれた。稲尾のことは特に何も言わなかったが、気遣わしげだった。帰りも迎えに行きますからねと言って、自《みずか》らのネクタイを智草の首に巻いた。

本当は僕も一緒に行きたいけれど、橘さんと縁もゆかりもない僕がついて行くわけにはいきませんから。揉《も》め事に巻き込まれないためのお守りです。

稲尾が手紙に己の苦しい状況について何も書いていなかったことと、智草を避けたことが引っかかっているらしかった。祝賀会に稲尾が現れて、揉め事が起こるのではと懸念《けねん》していたようだ。

何も起きませんから、心配せんでも大丈夫ですよ。

笑って言うと、これもお守りです、と言われて額《ひたい》に口づけられた。

心配性な愛しい人を思い浮かべつつネクタイを撫でていると、由井、と呼ばれた。

歩み寄ってきたのは、太い眉と口髭《くちひげ》が目立つ濃い顔の男だ。手紙をくれた日下である。

日下とは特別親しくしていたわけではないが、稲尾と同じで才能のない智草を馬鹿にせず、憐《あわれ》みもしなかった。今日、祝賀会に出席する気になったのは、手紙の送り主が日下だったことも大きい。

「久しぶりだな」

「久しぶり。手紙ありがとう」

「橘の祝賀会を知らせたかったのもあるが、君がどうしているか気になってな。元気そうでよかった。以前より随分と日に焼けているじゃないか」

目を丸くした日下に、智草は小さく笑った。

「ああ、うん。今、横浜の植木会社で働いてるんや。西洋に輸出する日本の花卉を、全国を歩きまわって探してるから日に焼けた」

「それは意外だ！　いや、意外でもないのか。美しい物という点では、絵画も花卉も同じだものな。もう絵は描いていないのか？」

「うちの会社の図譜の絵を描かせてもろてる」

「なるほど、図譜か。ということは、外国人は君の絵を見て花卉を買うのか？」

「ああ、そうなるな」

「素晴らしい！　良い仕事を見つけたな」

厭味《いやみ》でも揶揄《やゆ》でもない率直な物言いに、ありがとうと心から礼を言う。

すると日下は瞬《まばた》きをした。

「君は、随分と美しくなったな」

「え？」

「うん、美しい」

改めて智草を眺めた日下は大きく頷いた。

一瞬、呆気《あっけ》にとられた智草だったが、日下が真面目な顔をしていることに気付く。

表層だけを見て、個人的な感想を言っているのではない。内面や空気、佇《たたず》まい。それら全てを含め、芸術を評する観点で見られているようだ。

そうやった。日下はこういう男やった。

一心に畑を耕《たがや》す老爺《ろうや》の曲がった背中を見て、なんと美しい、とつぶやいたのを覚えている。

そういう意味では、稲尾より日下の方が鮫島に近い。

「ありがとう」

「ん？　何がだ」

「君に美しいと言われるのは嬉しい」

「そうか？　僕は美しいものを美しいと言っているだけだ」

不思議そうに首を傾《かし》げた日下に笑っていると、由井、とまた呼ばれた。

祝賀会の主役である橘が歩み寄ってくる。こちらも以前にはなかった立派な口髭をたくわえていた。自信の表れか、堂々とした佇まいだ。

「橘、受賞おめでとう。伊太利亜で認められるなんて凄いな」

智草は笑みを浮かべて声をかけた。大勢の人に囲まれていた橘と直接言葉をかわすのは、この会場に入って初めてである。

橘は少し驚いたように目を見開いた。智草の素直な態度に暗い影がないことが意外だったのかもしれない。

「ありがとう。遠いところをわざわざ来てくれてすまない。元気そうだな」

「ああ、なんとか元気にやってる」

「由井は今、横浜の植木会社で働いているそうだ」

横から口を出した日下に、そうか、と橘は笑顔で頷いた。

「伊太利亜へ戻るとき、横浜で会うかもしれないいな」

「ああ。見かけたら声をかけてくれ」

橘はうんと屈託《くったく》なく頷いた。

画塾に通っていた頃、橘には相手にされていないと感じていた。才能がない自分は、きっと名前すら覚えられていない。だから挨拶《あいさつ》はしたが、話すのは躊躇《ちゅうちょ》した。

あの頃の僕は、卑屈《ひくつ》になりすぎてたかもしれん……。

惨《みじ》めで苦しくて寂しくて、周囲がちゃんと見えていなかった。

「ところで由井、尋ねたいことがあるんだが」

橘はふいに声を落とした。

「君、稲尾と親しかっただろう。確か留学してからも手紙のやりとりをしていたよな」

急に稲尾の名前が出てきて、ああ、うん、と戸惑いつつ頷く。

すると橘は真剣な顔になった。

「稲尾は僕より先に帰国しているはずなんだが、行方がわからないんだ。居所を知らないか？」

「おい、行方がわからないってどういうことだ」

すかさず尋ねたのは、智草ではなく日下だ。

「言葉の通りだ。実家にも帰っていないし、東京の友人のところにもいないし、山之内《やまのうち》先生にも何の知らせもない。三日前にお兄さんに会いに来て金の無心《むしん》をしたらしいが、何に使うのか尋ねても答えなくて、すぐに帰ってしまって、今は連絡がとれないそうだ」

智草は息をのんだ。横浜のホテルで視線をそらした稲尾を思い出し、サッと全身から血の気《け》が引く。

また日下が口を開いた。

「橘の祝賀会をやる予定だから、もし帰国できるなら参加しないかと伊太利亜の下宿に手紙を送ったが、返事はなかった。念のためにご実家に祝賀会の日時と場所を伝えておいたんだが……。いったい何があったんだ」

「下宿に帰国すると置き手紙があって、姿が見えなくなった。稲尾は幼い子供ではない。伊太利亜語と英語も堪能《たんのう》だし、金も持っている。常なら旅にでも出たのだろうと放っておくのだが、いろいろあって憔悴《しょうすい》していたのを知っているから気になってな」

「展覧会で落選続きだとは聞いていたが、それ以外にも何かあったのか？」

「有体《ありてい》に言えば、恋に破れたんだよ」

「伊太利亜人の女性か」

「ああ。稲尾は相当入れ込んでいたが、相手はそうではなかった」

絵は認められない。愛した女性には愛されない。

慣れない異国の地で、稲尾が八方塞《はっぽうふさ》がりになったのは想像に難《かた》くない。

「稲尾のご両親とお兄さんには事情を説明したのか？」

「ああ。話さないでおこうか迷ったが、金の無心をしたというのが気になってな。どこか遠くへ行こうとしたのならまだいいが、慣れない博打《ばくち》にでも手を出して金に困っているのなら大変だろう。お兄さんたちも捜しておられるようだが、まだ見つからないらしい。何の気なしに僕の祝賀会の話をしたのを悔いておられた」

「そうか……。僕ももう少し気を配ればよかった。君も嬉しい報告のために帰国したのに、気が休まらんな」

「いや。むしろ稲尾の行方が気になっていたから、帰国して捜すことができてよかったよ。山之内先生にはあまり騒ぎたてるなと言われたが、そうもいかんだろう」

智草を避けたことを考えても、稲尾は見つけてほしくないかもしれない。

誰にも会いたくない、一人でいたいという気持ちは理解できる。画塾を辞めて郷里《きょうり》へ帰った当時、智草もそうだったからだ。無理矢理表に引きずり出すのは酷《こく》だと思う。

しかし、両親と兄が心配して、行方を捜しているのなら話は変わってくる。橘と日下も心配している。特に橘は伊太利亜での稲尾の様子を知っているだけに、気がかりなようだ。

「あの、僕、十日ほど前に稲尾を見かけた」

智草の言葉に、え、と橘は声をあげた。

「本当か！　どこにいた？」

「横浜のホテルや。今もそこにいるかはわからんけど……」

「そうか。早速《さっそく》稲尾のご両親に知らせよう。いや、その前に横浜のホテルなら電話が通じるな。電話で尋ねてみよう」

身を翻《ひるがえ》そうとした橘を、日下が慌てて止める。

「待て、橘。主役がいなくなってどうする」

「しかし早く確かめないと！」

「落ち着け。僕がホテルに電話をかける。稲尾のご両親にも電報を打つから、君はここにいたまえ。由井、そのホテルの名前を教えてくれないか？」

「わかった。僕も一緒に行こう」

橘をその場に残し、智草は日下と共に駆け出した。


黄昏《たそがれ》に染まった新橋停車場は、多くの人で賑《にぎ》わっていた。

煉瓦《れんが》造りの洋風建築は堂々とした佇まいだ。

遠目でもすぐにそれとわかる停車場に向かって歩きながら、智草はため息を落とした。

横浜のホテルに電話をかけて確かめてみたが、稲尾は三日前にそこを出ていた。三日前といえば、稲尾が兄を訪ねた日だ。もしかしたら高級なホテルに泊まれるだけの金がなくなったのかもしれない。

ともかく日下と共に、稲尾の実家宛てに電報を打った。そして一旦祝賀会に戻り、橘に事の次第を報告した。その後、画塾の教師たちにも挨拶をした。

いつまでも画家になる夢にしがみついていないで、早く郷里に帰りたまえ。その方が君のためだ。

面と向かってそう引導《いんどう》を渡してきた山之内は、智草を覚えていた。

楠田植木に就職して図譜の絵を描いていると話すと、そうか、と山之内は頷いた。

体に気を付けて、精進《しょうじん》したまえ。

ニコリともせずに言われて、はいと返事をした。

山之内なりに気にかけてくれていたのだと、そのとき初めて理解した。智草のことがどうでもよかったなら、何も言わずに放っておけばよかったのだから。

祝賀会が終わった後、智草はすぐ帰路《きろ》についた。稲尾はもう横浜にいないかもしれないが、一応捜してみると言うと、日下と橘は頷いた。見つかったら連絡してくれと言った二人は真剣な顔をしていた。

稲尾のことは気にかかるが、今日は来てよかったと思う。

惨《みじ》めで苦しかった日々にも、ささやかな光はあった。

稲尾にも、光があることに気付いてほしい。そして再び前を向いてほしい。

足早に停車場に入ろうとすると、視界の隅を洋装の男がかすめた。

思わず立ち止まると、男は柱の影に隠れてしまう。

画塾に通っていた間、毎日毎日飽きもせず見つめていたのだ。どんなに様子が変わっていようとも、見間違うはずがない。

「稲尾」

声をかけると、男は弾《はじ》かれたように駆け出した。慌てて後を追う。

走るのは得意ではないのに、この一年山野を歩きまわってきたせいか、足が軽かった。あっという間に稲尾に追いつく。

「待って！」

咄嗟《とっさ》に腕を捕まえたが、乱暴に振り払われた。

が、息が切れたのか、あるいは足が攣《つ》ったのか、稲尾は大きくよろけながら立ち止まる。うつむいた土気色《つちけいろ》の顔には無精髭《ぶしょうひげ》が生《は》えていた。髪も乱れている。舶来《はくらい》の上等な生地《きじ》で仕立てた背広は、よれて皺《しわ》だらけだ。革靴も埃《ほこり》まみれで薄汚れている。

荒れた様子にひどく胸が痛んで、智草は拳《こぶし》を握りしめた。

「ご両親とお兄さんが、捜しておられるそうや。日下と橘も、心配してた。一度、帰った方がええ」

声が震えないように、ゆっくりと言う。

すると稲尾は小さく笑った。

「心配してた、だと？　馬鹿にしていたの間違いだろう」

初めて聞く、しゃがれた声だった。

しかも酒くさい。ずっと飲んでいたのかもしれない。

「そんなことない。ほんまに心配してた。僕も、君の行方がわからんて聞いて、心配やった」

「嘘つけ。君だって、本心では僕を馬鹿にしているんだろう。伊太利亜へ留学しても、何の結果も出せず、こんなに落ちぶれて帰ってきて」

自嘲《じちょう》する物言いに何と返せばいいかわからなくて黙り込むと、稲尾はようやく顔を上げた。濁《にご》った瞳が見つめてくる。

「由井、僕のことが好きだっただろう」

蔑《さげす》む物言いに、智草は息をのんだ。もしかしたら気付かれていたかもしれないとは思っていたが、本人の口から指摘されると衝撃だ。

沈黙が肯定を表していると理解したのだろう、稲尾はこけた頬に歪《ゆが》んだ笑みを浮かべる。

「あれだけ毎日、情の籠《こ》もった熱い目で見つめられたら、嫌でも気付く。君はただでさえ凡庸《ぼんよう》な絵しか描けなくて、誰にも相手にされていなかった。その上、僕まで拒絶したら気の毒だろう。だから気分は悪かったが、色目を使われても気付かないふりをしてやったんだ。僕以外だったら、男のくせに気味が悪いと殴られていたかもしれないぞ」

貶《おとし》める口調だった。こちらに向けた視線でも侮蔑《ぶべつ》をぶつけてくる。

走ったことで熱くなっていた体が、指先から冷えていくのがわかった。

惨めで苦しかったかつての日々が、生々しく甦《よみがえ》ってくる。

「しかも植木屋の図譜の絵を描いていることを、わざわざ手紙に書いてきて。図譜の絵なんて、少し絵を学んだ者なら誰でも描ける。そんな仕事で喜ぶなんて、君はつくづくおめでたい。所詮は画壇《がだん》で認められることなどない負け犬の仕事だろう。それなのに嬉しそうに報告してくるからあきれてしまった。画塾で学んでいた者なら、恥ずかしいと思わなくてはいけないのに。皆に馬鹿にされていることにも気付かないで、哀れなものだ」

唾《つば》を飛ばして言いつのる稲尾を見つめていた智草は、次第に冷静になってくるのを感じた。

稲尾は智草を馬鹿にすることで、己を保とうとしている。

そうしなければ、惨めさに負けてしまうのだろう。

もしかしたら今、智草にぶつけた言葉は、稲尾が誰かにぶつけられた言葉なのかもしれない。

智草がただ静かに佇んでいることに気付いたのだろう、稲尾は土気色の顔を赤くして怒鳴った。

「なんだ、その目は！　負け犬のくせに、僕を馬鹿にするな！」

「馬鹿になんかしてへん」

「しているだろう！　僕は君とは違う、いずれ必ず認められる！　一流の画家になる！　君のような軟弱な男と一緒にするな！」

稲尾の度を失った叫び声が停車場に響き渡った。

周囲を行きかう人々が、何事かと遠巻きにこちらを見遣《みや》る。

注目されていることにも気付かないようで、稲尾は肩で息をしながら血走った目でにらみつけてきた。

ここは、腹を割って話すべきや。

己を落ち着けるために息を吐いた智草は、まっすぐに稲尾を見つめ返した。

「僕が、君に好意を寄せてたんはほんまや。君に不快な思いをさせてたんやったら、申し訳なかった。謝る。すまんかった。君への手紙に図譜のことを書いたんも、君を苛立《いらだ》たせたんやったら悪かった」

智草は躊躇《ためら》うことなく頭を下げた。

返事がないので顔を上げる。

稲尾はまだこちらをにらんでいたが、口許《くちもと》がひきつっていた。どこか怯《おび》えているようにも見える。

「君の言う通り、僕は画家になれんかった負け犬だ。けど、僕は、今の図譜の仕事が楽しい。紙に写し取った花の美しさを、たくさんの人に見てもらえるのも嬉しい。その絵を好きやて言うてくれる人がいるのも嬉しい」

一番に脳裏に浮かんだのは、鮫島の眩《まばゆ》い笑顔だ。

本物の百合を見たのと同じ気持ちになれる絵だ。

百合も智草さんに描いてもらえたら、きっと喜ぶはずです。

暮らしの中に置いておきたい絵というのも、また素晴らしいのではないでしょうか。

リチャード・フィッチの輝く青い瞳も思い出された。

ユイサンの絵、素晴らしいですね！　とても美しい。

妻もあなたの絵、とても気に入っています。図譜を持って帰ったら、朝から夜まで、ずっと見てました。

故郷の村の子供たち、みね、楠田、岩佐、楠田植木の顧客《こきゃく》たち。

智草の絵を好きだと言ってくれた人々の顔が脳裏に浮かぶ。

僕は、一人一人に助けられた。

そしてまた鮫島の屈託のない笑みが脳裏を占める。

僕の太陽。僕の愛しい人。

「けど、そうやって素直に楽しい、嬉しいて思えるようになったんは、僕の傍《そば》におって、僕を大事にしてくれる人がいたからや。僕も、その人を心から慕《しと》てる。これから先もずっと共に生きていきたい。せやから今はもう、君に思慕《しぼ》を抱いたりしてへんから安心してくれ」

ネクタイに触れつつ微笑んでみせると、稲尾は息を吸い込んだ。ひゅ、と喉《のど》が高い音をたてる。

「なんだよ、それ……。自分の方が、上だって言いたいのか」

「違う。誰が上とか、下とか、そんなことは思《おも》てへん」

「君に、何がわかるんだ……。わざわざ、伊太利亜へ留学したのに、どんなに努力しても、誰にも見向きもされない。それなのに、橘はどんどん認められていく。街では東洋人だと蔑《さげす》まれて、見下されて……、好きになった女にも裏切られて……！」

崩れるように膝をついた稲尾は、両手で頭を抱えた。

微かな嗚咽《おえつ》が聞こえてくる。

震える背中を目《ま》の当たりにして胸が痛んだのは、稲尾を慕っているからではない。日下や橘と同じで、友として心配だからだ。

稲尾、と呼んで、智草は彼の傍にしゃがんだ。できるだけ素直に、そして率直に言葉を紡《つむ》ぐ。

「君の苦しみがわかるなんて、おこがましいことは言わん。君と僕では、才能も、周囲の期待も、まるで違うからな。けど、僕は僕なりに苦しかった。苦しみから抜け出すんは、もちろん周りの助けもあるけど、結局は自分自身や。八つ当たりしても、自暴自棄になっても、何も解決せん。自分が解決するしかない」

「……手厳しいな」

嗚咽の合間に、ぽつりとつぶやく声がする。

その声に意固地さや反発が感じられなくて、少しほっとした。

「中途半端な慰《なぐさ》めを言うても意味ないやろ。僕は、僕自身が経験したことを言うただけや」

「そうか……」

稲尾はぐいと袖口《そでぐち》で顔を拭《ぬぐ》った。うつむいたままゆっくりと立ち上がる。

智草が少し離れると、細く息を吐いた。

「実家に、顔を出すよ。橘と日下にも、連絡する」

「そうか。それがええ」

「……悪かった」

やはり下を向いたまま、稲尾はごく小さな声で謝った。

ひどいことを言った自覚があるのだろう。だからこそ、目を合わせられないのかもしれない。

今の稲尾の精一杯の謝罪だと理解して、智草は友の肩を叩いた。

もうええ、気にすんな。

智草の気持ちが伝わったのか、稲尾は頷いた。そして無言で踵《きびす》を返す。足元は覚束《おぼつか》ないが、迷いのない歩調だ。

稲尾への思慕《しぼ》の微かな名残《なごり》すらも消えていくのを感じつつ、智草は遠ざかる背中を見送った。

きっと稲尾は大丈夫だ。

「智草さん」

とんとん、と背中を優しく叩かれる。

驚いて振り返ると、笑顔の鮫島が立っていた。

「鮫島さん？　なんでここに」

「迎えに行くと言ったでしょう」

「横浜の停車場のことやと思てました」

「僕もそのつもりでいたのですが、気が付いたらここにいました」

ばつが悪そうに眉を下げた鮫島に、智草は笑った。

「心配してくれたんですね」

「そうなんですが、僕が心配することはなかったですね。あなたは美しくて可愛らしいだけじゃなくて、強くて賢明な人だ。僕はまたあなたを好きになりました。ここが停車場でなければ抱きしめているところだ」

鮫島は愛しげな眼差しを向けてくる。

「稲尾と話してたん、聞いてたんですか？」

「ええ、最初から聞いていました。これから先もずっと、僕と共に生きてくれるんですよね？」

首を傾げて覗き込んできた男に、智草は顎《あご》を引いた。かあっと頬が熱くなる。

自分で言ったことだし、嘘のない言葉だったが、期せずして求婚してしまったようで恥ずかしい。

「ずっと、どこまでも、あなたと行きますよ。鮫島さんは、僕と生きてくれへんのですか？」

「一緒に生きていきます。何があっても、僕はあなたから離れない。決まっているでしょう！」

瞳を潤《うる》ませた鮫島は、バッと大きく両腕を広げた。

今にも抱きついてきそうな男の胸を、慌てて押し返す。

「ここではだめです」

「智草さん……」

犬がきゅうんと鳴くのとそっくりな声に、智草は笑った。

愛しくてたまらなくて、胸が潰れそうだ。

「ちょっと贅沢《ぜいたく》やけど、今日はこっちのホテルに泊まりましょうか」

「えっ、あ、はい！　ぜひそうしましょう！　そうと決まれば、早速ホテルを探さないと。さ、行きましょう！」

鮫島に腕をとられ、停車場を出る。

ひんやりとした秋の風が吹いてきたが、少しも寒くない。

早く早くと嬉しげに急《せ》かす鮫島につられて、智草も笑顔になった。


絵筆や着替えが入ったトランクを玄関先に置いた智草は、ふうと息を吐いた。

振り返った室内はしんとしている。

あまりにも静かなので、智草は声をかけた。

「輝直《てるなお》さん、準備できましたか?」

返事はなかった。

つい先ほどまで、上機嫌でトランクに着替えをつめこんでいたはずなのに。

「輝直さん?」

最近ようやく慣れてきた名前を呼びながら、再び家の中へ入る。

朝晩はまだ息が白く見えるほど寒いものの、日差しに春の眩《まばゆ》さが感じられるようになった三月。鮫島と智草は、新しい花卉を見つける旅に出ることになった。

冬の間、西欧との取り引きに、植物の世話にと忙しくしていたが、鮫島はどこか物足りなさそうにしていた。楠田におよそ三ヵ月ぶりの調査を命じられたときは、本当に嬉しそうだった。

ちなみにリチャード・フィッチは京都の呉服店と無事契約を結んだ。来月には智草が描いた花の着物が出来上がるそうだ。ファブリック作製の準備も着々と進んでいるらしい。

居間を覗いたが、鮫島はいなかった。

首を傾《かし》げつつ、文机《ふづくえ》が置いてある奥の座敷へ向かう。

智草も久しぶりの調査を楽しみにしている。心にあった憂《うれ》いが晴れたから尚更だ。

稲尾は再び伊太利亜へ渡った。初心に返って絵画の勉強をすると手紙で知らせてきた。文面から前向きな気持ちが伝わってきてほっとした。同じく伊太利亜へ戻った橘によると、真剣に絵に取り組んでいるらしい。

東京に住む日下《くさか》とは、たまに会うようになった。日下が話す美術界の様子は興味深かったし、日下は日下で日本各地を巡る智草の話を、興味深そうに聞いてきた。いずれにしても、気軽に話せて楽しい。

けど、あんまり日下の話をすると、輝直さんの悋気《りんき》の虫が騒ぎ出すんやけど。

「輝直さん？」

奥の座敷にも鮫島はいなかった。

開いたままのトランクが放置されている。周囲にはシャツやズボンが散らばっていた。

あの人はまた途中で放って……。

どこへ行ってしもたんやろ。

衣類をまとめてトランクに入れていると、この部屋で幾度も経験した濃密な情交が思い出された。毎回、もうこれ以上は淫らになれないと思うのに、鮫島に抱かれる度《たび》、輪をかけて淫らになっていく。そんな自分が恐ろしくて泣いてしまうこともあった。

しかしその涙は、惜しみなく注がれる鮫島の情愛が吸い取った。そもそも与えられる快感そのものが、鮫島の深い愛情の発露《はつろ》なのだ。大丈夫、もっと気持ちよくなっていいんですよ、いやらしくて可愛い、僕の、僕だけの智草さん。大胆に揺さぶられながらそう耳元で囁かれると、羞恥《しゅうち》を覚える一方で、ひどく安心した。

「輝直さん、どこですか？」

もう一度呼ぶと、はい、と障子《しょうじ》の向こう側の庭から慌てたような返事があった。

「ここにいます」

障子を開けると、洋装の鮫島が梅の木の前に立っていた。智草を振り返り、整った白い歯を見せる。

「いくつか咲きましたよ！」

「え、ほんまですか？」

智草は庭へ降りて鮫島に並んだ。

慎ましやかな白い蕾《つぼみ》が、ほろほろと綻《ほころ》んでいる。

「愛らしいですね。今年は寒かったから、ちょっと遅いんかな」

「例年よりは遅れていますね。これから暖かくなれば、一気に咲きますよ」

はしゃぐ鮫島が微笑《ほほえ》ましい。きっと梅が咲いていることに気付いて、旅の準備を途中で放り出したのだろう。鮫島はやはり花卉が心の底から好きなのだ。

つられて頬を緩《ゆる》めつつ、智草は梅に顔を寄せた。

ほんのりと甘い匂いが鼻腔《びこう》をくすぐる。

「ええ香り」

鮫島を振り向いて笑みを浮かべると、凛々《りり》しい面立《おもだ》ちがうっすらと朱に染まった。かと思うと口許《くちもと》を手で覆《おお》って空を仰《あお》ぐ。

「輝直さん？　どうかしましたか？」

「いえ、すみません。百合《ゆり》の化身《けしん》だと思っていた人が、梅の化身でもあったのだと気付いて、少々混乱しています……」

「化身て何のことです？」

意味がわからなくて首を傾げると、鮫島は顔を覆っていた手を離して智草を抱き寄せた。腰に腕をまわし、きつく抱きしめてくる。

「智草さん」

「はい」

「愛しています」

熱を帯びた囁きを耳に注《そそ》がれ、智草はうっとり目を閉じた。

「……はい。僕も」

あとがき

AFTERWORD

―久我有加―


久しぶりの明治ものです。

江戸時代から明治時代にかけての出来事をいろいろ調べていると、びっくりすることが多々あります。私が無知なだけと言ってしまえばそれまでなのですが、なんてこった！　知らなかった……！　と愕然《がくぜん》とすることもしばしばです。

長崎の出島《でじま》で鳴滝塾《なるたきじゅく》を開いたフィリップ・フランツ・フォン・シーボルト。日本史の授業で習った彼が、ヨーロッパに約二千種の日本の植物を持ち帰ったと知ったときも、なんてこった！　と思いました。二千て多すぎやろ……。

それらの植物の一部が現代のヨーロッパで品種改良を重ねて栽培《さいばい》されていたり、一般家庭の庭に植えられていたりしていることも、なんてこった！　と驚きでした。そりゃ二千種も持って帰ったら、根付いた植物もあるわな……。

本作はそんな「なんてこった！」がネタ元になっています。

時代が明治ということで、登場人物の関西言葉は古めのものを用いました。が、智草《ちぐさ》は東京で暮らしていた時期があるため、標準語っぽい話し方をしているところもあります。

ちなみに智草が育てていた百合《ゆり》は、架空の百合です。日本草木会《そうもくかい》も架空の団体ですので、ご了承ください。

カップル的には、たおやかな受と明るく逞《たくま》しい攻という、王道な組み合わせになりました。時代ものには王道カップルが似合うと思うのは、私だけでしょうか。

いずれにしても、書いていてとても楽しかったです。

読んでくださった方にも、少しでも楽しんでいただけるよう祈っています。

最後になりましたが、本書に携《たずさ》わってくださった全ての皆様に感謝申し上げます。

編集部の皆様、ありがとうございました。特に担当様にはたいへんお世話になりました。

素敵なイラストを描いてくださった、芥《あくた》先生。お忙しい中、挿絵《さしえ》を引き受けてくださり、ありがとうございました。鮫島《さめじま》を爽《さわ》やかな男前に、智草をしっとりした美人に描いていただけて、とても嬉しかったです。時代もの故《ゆえ》にいろいろご面倒をおかけして、申し訳ありませんでした。

支えてくれた家族。いつもありがとう。

この本を手にとってくださった皆様。貴重なお時間を割《さ》いて読んでくださり、ありがとうございました。もしよろしければ、ひとことだけでもご感想をちょうだいできると嬉しいです。

どうぞ皆様、くれぐれもご自愛ください。

二〇二一年九月　久我有加

この本を読んでのご意見、ご感想などをお寄せください。
久我有加先生・芥先生へのはげましのおたよりもお待ちしております。

〒113-0024　東京都文京区西片2-19-18　新書館
[編集部へのご意見・ご感想] ディアプラス編集部「知らえぬ恋は愛しきものぞ」係
[先生方へのおたより] ディアプラス編集部気付　〇〇先生

- 初出 -
知らえぬ恋は愛しきものぞ：小説ディアプラス20年アキ号（Vol.79）
昼も夜も愛しいあなた：書き下ろし

[しらえぬこいはかなしきものぞ]
知らえぬ恋は愛しきものぞ

著者：**久我有加** くが・ありか

初版発行：2021年10月25日

発行所：株式会社 新書館
[編集] 〒113-0024
東京都文京区西片2-19-18　電話（03）3811-2631
[営業] 〒174-0043
東京都板橋区坂下1-22-14　電話（03）5970-3840
[URL] https://www.shinshokan.co.jp/

印刷・製本：株式会社光邦

ISBN978-4-403-52539-1